Z. 1550
B.
Z. 599.
D.

I0660229

17458

L'AME AMANTE
DE SON DIEU.

L'AME AMANTE

DE SON DIEU,

Representée dans les

EMBLÉMES

de HERMANNUS HUGO

sur ses PIEUX DESIRS:

& dans ceux

D'OTHON VÆNIUS

sur l'Amour Divin.

Avec

des FIGURES NOUVELLES

acompagnées DE VERS

qui en font l'Aplication

aux Dispositions les plus essentielles

DE LA VIE INTERIEURE.

A COLOGNE.

Chez Jean de la Pierre. 1717.

PRÉFACE

SUR CETTE

NOUVELLE EDITION

des EMBLÉMES

du P. HUGO & de VÆNIUS.

SOMMAIRE.

1--4. *L'Ufage des chofes extérieures, vifibles & emblématiques pour s'en élever aux chofes invifibles & intérieures, eft d'inftitution divine, eft facile, agréable & proportionné à la capacité de tous. Plufieurs exemples de fon utilité.* 5--7. Les Emblémes *qui vont à agir fur le cœur font préférables à ceux qui ne reveillent que l'efprit, la voie du* cœur *étant beaucoup meilleure que celle de la fpéculation, felon la parole de Dieu même.* 8. 9. *Quelques particularités fur les Emblémes du* P. Hugo *& de* Vænius, *leur fujet, & diverfes de leurs Editions précédentes.* 10--12. *Touchant cette nouvelle Edition, les vers nouveaux qui y font inferés, & leur*

ca-

caractere , qui est celui du pur Amour de
Dieu. Excellence de cette voie de l'Amour,
recommandable par plusieurs exemples de
l'Ecriture & de ces derniers siécles. 13. *Dis-*
positions requises pour bien profiter de ce Li-
vre.

1. **Q**Uoique Dieu soit pur esprit, que
la principale partie de l'homme
soit aussi esprit, & que l'essentiel du culte divin, l'adoration
que Dieu demande de nous, doive se faire
dans l'esprit & dans l'intérieur, ainsi que l'assure (a) Jesus-Christ même ; néanmoins comme les hommes depuis le peché sont devenus
tout-extérieurs , & qu'étant tombés sur le
sensible & sur le visible ils ont oublié l'invisi-
ble & le spirituel ; il a plû à Dieu pour les re-
lever de cette chute, de condescendre à leur
disposition grossiere jusqu'au point de se servir des mêmes choses visibles & sensibles
comme de moiens à les ramener aux choses
divines & interieures pour lesquelles ils ont
été créés. Tout ce que nos yeux decouvrent
dans les ouvrages de la Création peut être
emploié à cet usage salutaire selon l'intention de Dieu même & cette assertion de S.
Paul, (b) *que les choses invisibles de Dieu, sa*
puis-

_____

(a) Jean 4. ɣ. 24. (b) Rom. 1. ɣ. 20.

puiſſance & ſa divine bonté, ſe voient comme
dépeintes à nos yeux quand on conſidére ſes ouvrages; & que ſi nous n'en tirons ſujet de le
loüer & de le *glorifier*, c'eſt nous rendre cou-
pables d'une négligence criminelle & *inex-
cuſable*. La pluſpart de ce que préſcrit la Loi
de Moïſe touchant le culte Judaïque, n'eſt
proprement qu'un uſage de diverſes choſes
extérieures & viſibles établi de Dieu pour
marquer les inviſibles & les intérieures. Combien de fois Jeſus-Chriſt & ſes Saints Apôtres ne ſe ſont-ils point ſervis d'E m b l e'-
m e s & de ſimilitudes tirées des choſes na-
turelles, des artificielles, des civiles mêmes
& de ce qui ſe pratique en matiere de gou-
vernemens, de guerre, de paix, de con-
tracts, d'amitié, d'amour conjugal, &c.
pour de là élever nos eſprits & nos cœurs
à la conſidération & à l'amour des choſes de
l'eſprit, du ciel, & de l'éternité? Les exemples s'en préſentent en foule dans la S. Ecriture.

2. Cette métode, de ramener aux choſes
ſpirituelles nos eſprits tombés ſur le ſenſible
& le materiel nous venant donc de la bonté
de Dieu, & de la condeſcendance de ſa Sa-
geſſe envers notre foibleſſe, il n'y a point de
doute qu'elle ne nous doive être auſſi recommandable par ſon utilité ſalutaire, que faci-

le, agréable, & proportionnée à la capacité
de toutes fortes de perfonnes.

3. Et en éfet, il n'y a pas jufqu'aux enfans
à qui on ne puiſſe inſinuer avec fruit, avec
plaiſir, & même par maniere de divertiſſe-
ment, des penſées pieuſes touchant Dieu
& touchant leur devoir envers lui, en leur
mettant devant les yeux quelques figures ou
repreſentations de pluſieurs choſes commu-
nes vers quoi leur cœur & leur eſprit ont na-
turellement du panchant ; d'où il eſt aiſé de
leur inculquer comment ils doivent tourner
ce même panchant vers Dieu, le Créateur
de toutes choſes, & en particulier leur Créateur & auſſi leur Redempteur.

Pour les adultes, combien ne s'en eſt-il
pas trouvé à qui l'aſpect de quelque choſe de
viſible a ſervi d'ocaſion à leur converſion,
Dieu aiant fait par ces moiens-là des impreſ-
ſions ſi vives & ſi puiſſantes ſur leurs cœurs,
qu'ils s'en trouvoient ſubitement changés,
& que même le reſte de leur vie toutes les fois
que la ſimple idée leur en revenoit, ils s'en
ſentoient tout-émus intérieurement, & rani-
més de nouveau ? On nous raconte d'un ſimple ſoldat, qui devint puis après une ame des
plus ſaintes, & dont on a depuis peu publié
la Vie & quelques lettres: (a) *Qu'un arbre*

qu'il

(a) Voiez *les Mœurs de F. Laurent*, dans le petit Traité de
la Théologie de la préſence de Dieu. pag. 17.

qu'il vit *fec* en hiver, le *fit* tout d'un coup remonter *jufqu'à* Dieu, & lui en imprima une
fi fublime connoiffance, qu'elle étoit encore *auffi*
forte & *auffi* vive en *fon* ame après quarante
ans, que lors qu'il la reçut. Qu'en *fuite* il en
ufoit ainfi en toute *ocafion*, ne *fe fervant des*
chofes vifibles que pour arriver aux *invifibles :*
de forte que *dans tout ce qu'il voioit,* & *dans*
tout ce qui arrivoit, il s'élevoit d'abord en
paffant de la créature au Créateur. Une grande Sainte des derniers *fiécles* nous a *laiffé* par
écrit *fur* le *fujet* de *fa converfion,* (*a*) *que la*
vûe d'une peinture qui reprefentoit Jefus-Chrift
tout couvert de plaies, fit un tel éfet fur elle,
que, dit-elle, *je me fentis toute pénetrée de*
l'impreffion qu'elle fit en moi par la douleur d'a-
voir fi mal reconnu tant de foufrances endurées
par mon Sauveur pour mon falut. Mon cœur
fembloit fe vouloir fendre ; & *alors toute fon-*
dante en larmes, & *profternée contre terre, je*
priai ce divin Sauveur de me fortifier de telle
forte, qu'à commencer dès ce moment je ne
l'ofenfaffe jamais plus. -- Il me paroit (pour-
fuit-elle,) que rien ne m'avoit encore tant fer-
vi que la vûe de cette image : parce que je
commençois à me beaucoup défier de moi-même, & à mettre toute ma confiance en Dieu.
Il me femble que je lui dis alors, que je ne

* 5   par-

(*a*) Ste. Terefe en fa Vie. Chap. IX.

partirois point de-là jusqu'à ce qu'il lui eût plû
d'exaucer ma prière ; & je crois qu'elle me
fut très-utile, aiant été depuis ce jour beau-
coup meilleure qu'auparavant.

4. Pour ce qui eſt des ames plus avancées,
& même des plus parfaites, qui trouvent &
qui voient déja Dieu par tout & en toutes
choſes, il ne faut que lire les Pſaumes de David pour y remarquer combien ce Saint Pro-
phéte ſe ſentoit inſtruit, touché, ranimé,
ravi d'admiration & de joie inéfable lorſqu'il
enviſageoit les choſes viſibles & qu'il en pre-
noit ocaſion de s'élever à Dieu en les regardant comme des tableaux qui lui repréſen-
toient ſa ſuprême grandeur, ſa ſageſſe, ſa
bonté, & les choſes divines & ſpirituelles.
Le plus ſage des hommes, ſon fils Salomon,
n'en fit pas moins lorſqu'il emploia la conſidération de l'amour humain & conjugal pour
nous dépeindre ſ... cet Embléme les miſterès
les plus grands & les plus intérieurs de l'union
ſpirituelle des ames conſommées & de l'Egli-
ſe ſantifiée avec l'Epoux céleſte ; comme il
paroît par ſon divin Cantique des Cantiques.

5. Il eſt à croire que c'eſt par de ſembla-
bles conſidérations & à deſſein de procurer
quelque utilité ſalutaire à toutes ſortes de
perſonnes, que l'on a vû paroitre de fois à
autres des livres D'EMBLÉMES SPIRI-
TUELS,

T U E L S, qui fous le voile de diverfes figures
effaient pieufement de tourner nos ames vers
Dieu, les uns en nous imprimant à l'efprit
certaines idées ou confidérations qui nous
menent à penfer à lui, les autres en réveil-
lant dans notre c œ u r des mouvemens a-
fectifs qui nous portent à L'A I M E R & à rechercher faintement fon union & fa poffeffion parfaite & éternelle; métode qui eft in-
comparablement préférable à celle de la fimple fpéculation, bien que contre l'opinion
de la plufpart des perfonnes d'étude, qui méprifant la voie du cœur, fe perfuadent, mais
bien vainement, que par la voie d'un efprit
fec, par emploier & épuifer toute fon activité & toutes les forces de fa raifon en idées &
en raifonnemens fur les chofes divines, ils
pourront mieux trouver Dieu, que par la
voie d'exercer notre cœur dans fon divin A-
mour.

6. Sans provoquer à l'expérience de tous
les tems, qui nous fait voir le peu de fruits
qu'a produit l'efprit de l'homme par la voie
de fes froides fpéculations, le feul témoigna-
ge de Dieu doit nous fufire pour décider de
cette queftion. Il eft inconteftablement certain que Dieu a promis fa divine & falutaire
connoiffance & fon union béatifique à ceux
qui le chercheront par la voie du cœur & de
l'a-

l'amour : (*a*) *Qui m'aime*, dit-il, *je l'aime-rai aussi : je me découvrirai à lui : mon Pére l'aimera ; & nous ferons notre demeure dans lui :* Mais on ne trouve pas qu'il ait fait une semblable promesse à ceux qui hors de cette voie prétendront parvenir à le connoitre par la force de leur esprit & de leurs raisonnemens. Bien au contraire, il a déclaré plus d'une fois, qu'il avoit résolu de (*b*) *se cacher* d'eux, & qu'il ne se laissera point comprendre (*c*) par les conceptions de l'homme naturel & animal. Et quand il a voulu préscrire aux hommes ce qu'ils doivent faire en ce monde pour lui être agréables & pour se disposer à être réünis un jour à la source de tout bien, il ne leur a pas dit ; Vous me connoitrez, ou, vous tâcherez de parvenir à ma connoissance par tous les éforts de votre tête, par toute l'industrie de votre esprit, & par le travail de votre atention à toutes les idées de votre raison & de son activité : mais, *vous* AIMEREZ *le Seigneur votre Dieu de tout votre* CŒUR*, de toute votre ame, & de toutes vos forces :* c'est aussi là le but & la substance de toute l'Ecriture sainte.

7. Et c'est la même voie & la même chose qu'ont eu dessein de nous recommander les
Au-

(*a*) Jean 14. ℣. 21, 23. (*b*) Matth. 11. ℣. 25.
(*c*) 1 Cor. 2. ℣. 14.

Auteurs des Emblêmes fuivans. Tout le
monde n'eft pas capable de proceder par la
voie de la tête & des fpéculations ; mais chacun a un cœur, un panchant à aimer, des
inclinations, des mouvemens & des afec-
tions vives, que l'on ne fauroit empêcher
d'agir & de s'exercer fur les objets bons ou
mauvais, temporels ou éternels, qui nous
font propofés. C'eft à nous à opter entre ces
deux partis, chacun defquels folicite notre
amour à fe ranger de fon coté ; Satan & le
monde vers le parti du mal par mille fortes
d'atraits, par une infinité même de livres
vains, impies, impurs, d'images & de pein-
tures profanes, honteufes & diaboliques :
Dieu au contraire nous atire vers le bien par
fes bons mouvemens & par d'autres moiens
facrés & falutaires. Heureux qui fera le bon
choix, & qui fe laiffera mener comme par
la main à la fource du vrai bonheur par les
moiens que Dieu lui préfentera ! On peut
feurement regarder les deux ouvrages de ce
livre, comme étant du nombre de ces bons
moiens-là.

8. On a donné le premier rang à celui du
P. *Herman Hugo*, quoique le plus recent,
parce qu'il eft le plus métodique, & que fes
premiers emblêmes regardent particuliere-
ment les ames commençantes. Il y a longtems

tems que cet ouvrage est si connu, qu'il est
comme superflu d'avertir qu'on l'a réimpri-
mé diverses fois & en divers lieux avec des
explications de ses Emblémes en toutes sortes de langues. Il est divisé en trois parties,
dont la premiere, destinée à des commen-
çants, contient *les gemissemens de l'ame pénitente*: la seconde, qui est à l'usage des a-
mes avancées, représente *les desirs d'une ame
qui se santifie*; & la troisiéme, proportionnée à celles qui ont fait le plus de progrès,
a pour titre & pour matiere, *les soupirs de l'a-
me amante*. Chacune de ces trois parties contient quinze Emblémes; chaque embléme,
dans le Latin, qui est l'original, a sa figure
particuliere; puis un passage de l'Ecriture
sainte, marquant en peu de mots ce que
représente cet Embléme, qui en troisiéme
lieu est suivi d'un assez grand nombre de vers
latins sur le même sujet; & enfin de plusieurs
passages des SS. Péres & des Docteurs de
l'Eglise, aplicables à la matiere dont il s'a-
git. Ceux qui ont fait réimprimer l'ouvrage
en diverses langues vulgaires n'ont pourtant
pas crû être obligés de se tenir à tout cela,
mais seulement à ce qu'il y a d'essentiel & de
principal: & par cette raison ils en ont retenu les Emblémes avec leurs figures, lesquelles ils ont fait imiter ou contrefaire diverse-
ment

ment, qui bien, qui mal. Ils en ont retenu, en fecond lieu, & traduit chacun en fa langue tous les paffages de l'Ecriture fainte : Mais perfonne, que je fache n'a encore trouvé à propos de s'apliquer à la traduction des vers latins qui y étoient annexés : chacun a mieux aimé d'effaier ici à faire le poëte, & compofer de fon chef quelques vers (les uns plus & les autres moins) fur le fujet de chaque embléme. Tous (autant que j'en ai vûs,) ont ômis les paffages des SS. Peres, foit qu'ils les aient regardé comme un pur acceffoire à l'ouvrage, comme ils le font en éfet ; foit qu'ils aient eu deffein de rendre par ce moien le livre plus commode & plus portatif. Cette derniere confidération ne nous a pas neanmoins empéché de joindre aux Emblémes du P. *Hugo* ceux d'*Othon Vænius* ; puifque fans faire le volume trop gros ils apartiennent vifiblement à ce même fujet, duquel ils étalent plus amplement la plus noble partie, qui eft celle de l'A M O U R *divin.*

9. On fait que cet Auteur Flamand, peintre célébre, & qui avoit de l'étude, avoit publié en fa jeuneffe des Emblémes moraux fur l'amour naturel. Quelques années après, la Princeffe Infante Ifabelle, Ducheffe de Brabant, qui les avoit vûs, témoignant fouhaiter qu'il eut travaillé de la même maniere

fur

sur l'Amour Divin; puis qu'il étoit facile de découvrir & de faire voir dans l'un
comme dans l'autre des qualités & des éfets
semblables; cela lui fit entreprendre les Emblémes que voici, lesquels il dédia à la même
Princeffe. Il y mit à l'opofite de chaque figure quelques mots d'infcription, & quelques fentences ou de l'Ecriture ou des Péres,
qui y ont du raport; à quoi fes amis ajoute-
rent des vers, mais très-peu, les uns en Ef-
pagnol & les autres en François & en Flamand. Voila comme ils parurent la premiere
fois, (a) quelques années avant les Emblémes (b) du P. Hugo. Ceux qui les firent puis
après publier en divers autres lieux, en re-
tinrent le plan des figures, qu'ils firent imiter, quelques uns affez bien, comme dans
l'édition de Paris chez Landry: ils en retin-
rent auffi les Dictons ou les infcriptions,
mais fans les paffages ni de l'Ecriture, ni des
SS. Péres: & pour les vers, chacun en mit,
comme fur le P. Hugo, quelques-uns de fa
propre façon, & encore bien peu: l'Edition
de Paris n'en a que quatre petits fur chaque
Embléme. Cela étoit arbitraire: auffi, par
la même raifon, en a-t'on ufé arbitrairement
dans l'Edition préfente, fur laquelle il eft
tems de dire un mot d'avis.

10. On

(a) L'an 1615. (b) Qui parurent l'an 1624.

10. On y voit, premierement toutes les figures emblématiques du P. *Hugo* & de *Vænius*, qu'on a imitées fur les plus excellens originaux des meilleures Editions de ces deux Auteurs. Leur beauté, & la douceur de leur gravure font un affez bel éfet pour fe faire, finon préferer, du moins égaler aux meilleures de celles qui ont paru jufqu'ici en quelque Edition que ce foit. On y a auffi retenu les paffages de l'Ecriture fainte qui étoient fur les Emblémes du P. Hugo, & les Dictons ou mots latins de ceux de Vænius, qu'on a mis en françois fur les pages qui font vis à vis des figures, & immediatement avant les nouveaux vers qui en expriment le fens.

11. C'eft proprement à ces divins & admirables vers, tant fur les Emblémes de Vænius que fur ceux du P. Hugo, que l'on eft redevable de l'édition préfente; & affeurement ce font eux qui méritent le plus que le Lecteur y aplique fon cœur très - ferieufement. Je les qualifie comme je viens de faire, non pas tant par raport à la fimple Poëfie, qui pourtant y a fes agrémens & une beauté très-vive & très-touchanté; que par raport à leur matiere toute fainte, & à leur efprit, qui véritablement eft divin & du ciel. C'eft ici qu'il nous paroit que le Poëte a furpaffé bien fouvent le deffein & les penfées de nos

** deux

deux Auteurs fur la plufpart de leurs propres Emblémes. Il eft vifible que leur intention a été de nous y reprefenter le progrès ordinaire & gradatif des ames dont la converfion commencée par la crainte des jugemens de Dieu, continue par le défir de fes recompenfes, par la douleur, par la joie, par l'efpérance, qui font que l'on s'aproche de Dieu en vûe de fes dons, & que par ce moien l'on s'avance vers la perfection de dégrés en dégrés; voie qui eft affurément très-bonne & falutaire en foi : *mais*, pour m'exprimer avec S. Paul quand il préfére la charité à l'efpérance & à la foi, (a) *il y en a encore une bien élevée au deffus* & beaucoup *plus excellente*: c'eft celle de la même CHARITE', c'eft la voie où predomine d'abord le PUR AMOUR, lorfque l'ame pécherefle fans s'arrêter à une revûe détaillée de fes obliquités paffées & de leur démérite, n'envifage foudain que l'incomparable Amour de fon Dieu, & fe jette à corps-perdu entre fes bras pour qu'il difpofe d'elle ainfi qu'il lui plaira; telle que fut la voie de la *pécherefle* pénitente de l'Evangile, dont Jefus-Chrift dit : (b) *Beaucoup de pechés lui font remis; parce qu'elle a beaucoup aimé :* La voie de S. PIERRE, qui fe releva de fa

chute

(a) 1 Cor. 12. ℣. 31. (b) Luc 7. ℣. 47.

chute par le même Amour, & par la vérité de cette parole d'amour; (*a*) *Seigneur,*
qui favez toutes chofes, vous favez que je vous
aime. Celle de S. P ▲ ʊ L qui s'étant converti par un amour foumis & abfolu, qui le
porte d'abord à fe facrifier à la volonté de
Dieu, (*b*) *Seigneur, que voulez-vous que jé*
faffe, le fait perféverer généreufement à braver tout le refte: (*c*) *Qui eſt-ce qui nous fépa-*
rera de l'Amour de Jeſus-Chriſt? -- Je ſuis
aſſuré que ni la mort, ni la vie, ni les anges,
ni les principautés, ni les puiſſances, ni les cho-
ſes préſentes, ni les futures, ni la violence, ni
tout ce qu'il y a de plus haut ou de plus profond,
ni aucune autre créature, ne pourra nous ſépa-
rer de l'Amour de Dieu en Jeſus-Chriſt notre
Seigneur. Telle fut encore depuis peu la
voie de la grande & incomparable Sainte
CATHERINE DE GENÈS, dont la vie
& les écrits font tels, que juſqu'alors on n'a-
voit encore rien vû de pareil fur ce noble
fujet; & qui convertie fubitement par l'a-
trait du pur Amour, ne pouvoit proferer
que ce peu de paroles: (*d*) *O Amour! eſt-*
il poſſible que vous m'aiez apellée avec tant de
bonté, & que vous m'aiez fait connoître en un
inſtant ce que la langue ne peut exprimer! Tel-

** 2   le

(*a*) Jean 21. ϟ. 17. (*b*) Act. 9. ϟ. 6. (*c*) Rom. 1. ϟ. 35,
38, 19. (*d*) Vie de Ste. Cath. Chap. 2.

ſe encore la voie du ſaint Religieux de Bre-
tagne, JEAN DE S. SAMSON, qui tout
aveugle qu'il fut dès l'enfance, fournit cependant ſans broncher cette noble carriere,
& en a laiſſé grand nombre de Traités pleins
d'ardeur & d'onction divine qu'il avoit tous
dictés par le même Amour: Celle du bon
F. LAURENT DE LA RÉSURREC-
TION, de la converſion duquel on a fait
mention un peu auparavant ; enfin celle de
l'admirable ARMELLE NICOLAS, di-
te la bonne Armelle, pauvre idiote de paï
ſane & de ſervante, dont le cœur & l'eſprit,
les actions & les diſcours ne reſpiroient que
le pur Amour de Dieu, qui lui avoit fait é-
prouver & ſubir les plus merveilleuſes de ſes
opérations; & qui lui faiſoit dire à ce ſujet:
(a) *O mon* AMOUR *& mon* TOUT, *qui*
eût jamais penſé voir ce cœur dans l'état où il
eſt maintenant ? O AMOUR, *quoique vous*
ſoiez toûjours le même, ô que vous etes néan-
moins diferent en vos opérations, & que vous
ſavez bien vous acommoder à nos foibleſſes! Où
eſt le tems, ô divin AMOUR, *que vous a-*
giſſiez dans ce cœur en CONQUERANT *&*
en VAINQUEUR, *armé de feux & de flam-*
mes, brûlant, embraſant & conſumant tout ce
qui

(a) *La Vie de la bonne* Armelle *Liv. I, Chap. 26. Edit. de*
Hollande, 1704.

qui s'opposoit à vos divines volontés, le pénétrant de vos dards & de vos fléches, en sorte
que je croiois chaque jour en devoir mourir : &
vous ne l'avez jamais laissé en repos que vous
ne l'aiez tout vaincu & triomphé. Puis après,
ô divin AMOUR, vous y avez régné en ROI
puissant & paisible ; en PE'RE très-doux &
misericordieux ; en EPOUX très-amoureux &
liberal, lui départant vos graces & faveurs
avec la profusion que vous seul savez, ô divin
AMOUR! Et maintenant vous y régnez en
DIEU! Oui, mon Dieu, vous y êtes tout tel
que vous êtes, incompréhensible & inaccessible,
vous y êtes ainsi dans ce pauvre cœur, que vous
gardez de telle sorte, que rien n'en aproche
plus que VOUS SEUL.

12. C'est à de semblables opérations de
l'AMOUR DIVIN, tout noble & généreux,
tout pur & desinteressé, & qui ne regarde que
DIEU SEUL, son vrai & son unique objet,
son motif, sa fin & son TOUT, que revien-
nent les Explications sublimes qu'on a don-
nées aux Emblémes suivans dans les vers qui y
sont annexés, & qui semblent n'être que d'ar-
dentes éfusions d'un cœur tout animé & agi
de l'Amour de Dieu le plus pur, & des éleva-
tions presque continuelles de ce même cœur
à Dieu. Si j'osois hazarder mes pensées ou
mes conjectures touchant leur Auteur, je di-

rois, que fi ce n'eft pas la même perfonne dont on a publié depuis peu plufieurs (*a*) Volumes d'*Explications & de Reflexions fur l'Ancien & fur le Nouveau Teftament qui regardent la Vie Intérieure*, ce doit être au moins une perfonne douée du même efprit & des mêmes difpofitions de cœur ; puifque rien n'eft plus facile que de remarquer ici les mêmes principes & le même élement du pur Amour que dans ces excellentes *Explications & Réflexions fur la Sainte Ecriture*. On laiffe néanmoins à ceux qui auront lû ou qui voudront lire & conferer enfemble ces diferens ouvrages, la liberté d'en juger comme ils le trouveront à propos. On les avertit feulement, que l'Auteur de ces vers (*b*) en aiant fait à deux diverfes fois fur les Emblémes de Vænius, on a mis feparément vers la fin de l'ouvrage la derniere de fes compofitions, fans pour cela avoir eu deffein de la faire regarder comme inférieure à la premiere : la feule dificulté qu'on a trouvée à donner place à toutes les deux entre les figures, eft caufe qu'on en a dû ufer de la forte.

13. Pour

(*a*) *A favoir Douze Vol. fur* l'Ancien, *& huit fur le* Nouveau Teftament, *imprimés ici en* 1713--1715. *puis encore deux Volumes de Difcours Spirituels de la même plume, en* 1716.

(*b*) Ceux de la page 55. fur l'Embléme de *Perficit & fuftinet*, y ont été ajoutés par un autre, cet Embléme fe trouvant fur le titre de l'edition principale de Vænius, (que notre Auteur aparemment n'a point vûe) on ne l'a pas voulu omettre ici.

13. Pour conclusion, l'on souhaite à tous ceux qui voudront faire un bon usage de ce livre, la disposition d'ame qui est nécessairement réquise à cet éfet. Elle est clairement dépeinte dans toutes les figures de ces Emblémes sous la forme d'un enfant; ce qui marque, que l'ame qui veut entrer & perséverer dans la communication avec Dieu & son divin Amour, doit être douée des aimables & enfantines qualités d'innocence, de simplicité, de pureté, de desapropriation, de candeur, de benignité, de docilité & de flexibilité à se laisser conduire & gouverner à Dieu comme un petit enfant, sans répugnance, sans présomption, sans fierté, sans malice, sans fraude & sans duplicité de cœur. C'est ce qui requiert de nous plus d'une fois la parole de Dieu même par la bouche de David, de Salomon, d'Isaïe & des Prophétes, des Apôtres S. Pierre, S. Paul, S. Jean, & enfin de Jesus-Christ, qui nous assure, que (a) *le Roiaume de Dieu est pour ceux qui sont comme des enfans :* que *si on ne le veut recevoir dans une disposition d'enfant, on n'y entrera point,* & que même on n'en aura pas la vraie connoissance, puisque (b) le Pére ne fait connoitre son Fils & les misteres de son Roiaume qu'*aux simples & aux petits,* selon l'assertion

** 4   du

(a) Marc. 10. vî. 14, 15.   (b) Matth. 11. vî. 25.

du Seigneur , qui nous faſſe la grace de re-
nouveller bientôt ſur la terre ſon Eſprit d'innocence , de ſimplicité & d'Amour enfantin
& filial , afin que *le Nom de Dieu* , ſelon (a) la
Prophetie de David , ſoit loüé & *glorifié en
tous lieux par la bouche des petits enfans*, qui
ſeuls le beniront éternellement à ſon gout &
gré divin ! Puiſſions nous en être du nombre !

(a) Pſ. 1. vſ. 1.

PIA DESIDERIA

ou

LES SAINTS DESIR.

DE L'AME PIEUSE

enrichis des

EMBLÉMES

de

HERMAN HUG

A COLOGNE

chez JEAN DE LA PIERRE.

LES
EMBLÉMES
DE
HERMANNUS HUGO
SUR SES
PIEUX DESIRS

qui repréfentent

les Difpofitions les plus effentielles

DE L'INTERIEUR CHRETIEN.

expofés

EN VERS LIBRES.

Psaume XLVIII. 4, 5.

Ma bouche publiera la sagesse, & la medi-
tation de mon Cœur annoncera la prudence.
Je tiendrai l'oreille atentive aux PARA-
BOLES, *& je chanterai sur la harpe mes*
ENIGMES.

PROLOGUE.

IL est ici trois sortes de soupirs :
Les premiers sont l'éfet d'une douleur profonde,
D'avoir tant ofensé le Créateur du monde :
Le cœur est acablé de cruels déplaisirs ;
    Pour satisfaire à la Justice,
    On s'impose certain suplice,
    On travaille à se corriger ;
C'est le premier moien pour nous faire changer.
Celui dont la bonté pour nous est sans égale
    Paroit afin de consoler ce cœur,
    Lorsqu'en cessant d'être pécheur
    Il s'anéantit, se ravale :
Dieu qui se plait dans notre humilité,
    Remplit le cœur de charité :
Ce sont d'autres soupirs, qui viennent d'une flame
    Bien plus pure, & déja notre ame
    Ne peut soupirer que d'amour.
Ces soupirs vont vers Dieu, & même sans détour :
Car les premiers soupirs recourbés sur nous-mê-
    mes,
    Sembloient ne regarder que nous :
On craignoit de mon Dieu jusques aux moindres
    coups :
La peine & la douleur qui nous sembloient ex-
    trêmes
    N'envisageoient que le propre interêt,
    On craignoit le divin arrêt :
    Les soupirs de l'ame amoureuse
Montent droit au Seigneur : Oui, je veux bien
    périr
    Si ma perte t'est glorieuse,
Dit-elle, ô Dieu, fais moi bientôt mourir.
                     Cet

Cet amour cependant est melé de douleur,
 On est peiné de son ofense,
 On en désire la vengeance,
On veut même que Dieu n'épargne pas le cœur:
 Punis, punis, mon adorable Maitre,
 Ce cœur ingrat autant que traitre.

Il vient après certain soupir d'amour:
 Que ce soupir est délectable!
Car l'ame ne sent plus de douleur qui l'acable;
 Elle habite un autre séjour:
 On ne fait plus que languir sur la terre,
 On voudroit passer en son Dieu:
 L'activité de ce beau feu
 Est pour remonter à sa sphere.

 Peu-à-peu les soupirs s'éteignent,
 On ne sauroit plus soupirer,
 On ne sauroit plus désirer,
Il semble que ces feux si charmans se contrai-
 gnent.
Non, non, ils sont passés dans la tranquilité
D'un feu qu'aucun sujet ne retient en ce monde:
 Ils traversent la terre & l'onde
 Pour se perdre dans l'unité.

D Eur :

;

ai-

de :

E-

Domine, ante te omne desiderium meum, et
gemitus meus à te non est absconditus. Psal. 37.

DÉDICACE
A JESUS

Le Défiré.

Seigneur, tout mon défir eft expofé à vos yeux ;
& mon gemiffement ne vous eft point caché.

JE foupire vers vous, ô mon unique Bien !
Le foupir eft du cœur le fidéle interprete,
    Quoique ma langue foit muëtte
Le langage du coeur jufques à vous parvient.

  Vous, qui connoiffez bien le fecret de mon ame,
    Ne rebutez point mes foupirs :
    Sortant, ils redoublent ma flame,
    Adouciffent mes déplaifirs.

Oeil fans ceffe veillant, Sapience adorable,
    Rien ne peut vous être caché,
    Vous voiez le mal qui m'acable :
  Quoique mon cœur de tout foit détaché.

Dans ce défert facré je foupire fans ceffe :
    Je reconnois bien cependant
  Que ces foupirs viennent de ma foibleffe,
Et ne conviennent point au plus parfait Amant.

LIVRE PREMIER.

I.

Mon ame vous a défiré pendant la nuit.

DE deux fortes de nuits où l'on cherche l'Epoux,
  L'une commence la carriere :
  A la faveur de fa lumiere
On quite le péché qui paroiffoit trop doux :

 L'ame voit bien alors qu'elle marche en ténébres :
  Et cet éfet d'un petit jour
  Rend les converfions célébres :
Cette foible clarté vient pourtant de l'amour.

 Il eft une autre nuit ; mais nuit toute divine ;
  Il ne paroit ni lampe, ni flambeau ;
C'eft l'Amour le plus pur qui lui-même illumine,
  Et nous donne un état nouveau.

 O ténébreufe foi, vous étes préférable
  A ce qu'on apelle clarté :
Vous nous faites jouïr de ce Tout immuable
  Qui donne la félicité.

II. o

1.

Anima mea desideravit te in nocte. Isaia 26.

Deus tu scis insipientiam meam, et delicta mea à te non sunt absconita. Psal. 68.

II.

*O Dieu, vous connoissez ma folie, & mes péchés
ne vous sont point cachés.*

QUe j'étois malheureux, quand éloigné de vous
Je n'aimois que les choses vaines !
Là me rangeant parmi les foux,
Mes démarches alors me paroissoient certaines :
Je m'égarois à tous momens
Dedans ces vains amusemens,
Que j'osois bien nommer sagesse :
Amour divin, vous venez m'apeller
Vous me tirez de ma foiblesse,
Vous atirez mon cœur & daignez lui parler :

Ah, je n'écoutois pas cette charmante voix
Qui parloit au fond de mon ame ;
Pour suivre mon indigne choix
J'osois me dérober à votre douce flame :
Je vous faisois horreur, & je m'aplaudissois
En secret dedans ma folie :
Que j'en ai de regret ! voiez mon repentir :
C'est vous, divin Amour, qui changerez ma vie,
Vous seul pouvez me convertir.

III.

Aiez pitié de moi, Seigneur, parce que je suis foi-
ble : Seigneur, guériffez moi, parce que
mes os font tout ébranlés.

Ale pitié de moi, mon adorable Maitre ;
  Mon corps eft foible & languiffant !
  Chaque moment détruit mon être :
Toi feul peux me guérir, ô mon célefte Amant.

 Ah, le mal du dedans m'eft plus infuportable
  Que les maux que foufre mon corps ;
  Si je pouvois t'être agréable
  Je rirois des maux du dehors.

 Guéris, change mon cœur ; Que je ferai contente
D'endurer chaque jour mille tourmens divers !
  Si je puis être ton Amante
  Je défirai tout l'univers.

 Je n'apréhende plus ni l'ennui, ni la peine,
  Si j'apartiens à mon Amour ;
  Si je pouvois porter fa chaine,
Je perdrois fans regret la lumiere du jour.

IV. Re-

III.

Miserere mei Domine, quoniam infirmus sum, sana
me Domine, quoniam conturbata sunt ossa mea! Psal. 6.

Vide humilitatem meam et laborem meum et dimitte universa delicta mea! Psal. 24.

IV.

Regardez l'état si humilié & si pénible où je me
trouve; & remetez moi tous mes péchés.

JE connois mon iniquité
Et la grandeur de mon ofenſe:
Enviſage ma pénitence,
Et traite moi, Seigneur, ſelon ta volonté.

Je ne me plaindrai point d'un travail ſi pénible,
Je voudrois ſoufrir plus de maux
Si je pouvois par mes travaux
Te rendre à ma peine ſenſible.

Ah, que dis-je, Seigneur ? Frape, double tes coups,
N'épargne point ce cœur rebelle
Puisqu'il mérite ton couroux,
Ah, frape & le rend plus fidelle.

Je déteſte ce cœur ingrat.
J'aime mon chatiment, je le trouve équitable:
Et ſous le travail qui m'abat
Je benis en ſecret les coups dont il m'acable.

Ah, redouble mes maux; éface mon péché,
C'eſt, cher Amant, tout ce que je demande:
De mon travail ne ſois jamais touché,
Ton couroux ſeul eſt ce que j'apréhende:
Si je te plais, tous les tourmens
Me feront des contentemens.

V.

Souvenez vous, je vous prie, que vous m'avez fait comme un ouvrage d'argile ; & que dans peu de tems vous me reduirez en poudre.

TU m'as, mon Seigneur, formé d'un peu de cendre,
　　Et j'y vais bientôt retourner :
Bien loin de m'élever, je dois toûjours defcendre;
Aux mépris, aux douleurs je veux m'abandonner.

　　O mon unique efpoir dans ma longue mifére,
　　　　En me formant à ta façon
　　　　Imprime moi cette leçon ,
　　　　Que je ne fuis rien que poufſiere !

　　Pourrois-je m'emporter à quelque élévement
　　　　Connoiſſant bien mon origine ?
　　　　Si je m'abime en mon néant
　　　Je rentrerai dans l'Eſſence divine.

　　Mon efprit ſimple & pur émane de mon Dieu;
　　　　Mon corps eſt ſorti de la terre :
　　　　Que chacun retourne en ſon lieu,
　　　Le corps en poudre, & l'ame dans ſa ſphere.

　　O ſouverain Amour, tranſporte mon efprit,
　　　　Et l'abime dans ſon principe !
Fais auſſi que mon corps en poudre étant reduit,
Au bonheur de l'efprit un jour il participe !

VI. *J'ai*

Memente, quæso, quod sicut lutum feceris
me, et in pulverem reduces me! Iob. 10.

Peccavi. Quid faciam tibi, O custos hominum:
quare posuisti me contrarium tibi? Job 7.

V I.

J'ai péché: que ferai-je pour vous apaiſer, ô Sau-
veur des hommes? Pourquoi m'avez-vous mis
dans un état contraire à vous.

JE vous ai réſiſté, pur & divin Amour,
 Je vous ai réſiſté; quelle étoit mon audace!
   Ah, puis-je encor ſoufrir le jour?
Non; ce n'eſt qu'en tremblant que je demande grace.

 De tout mon cœur je me ſoumets à vous,
   C'en eſt fait, je vous rends les armes;
   Indigne de votre couroux
   Je n'eſpére rien de mes larmes.

 Vous m'avez deſarmée, ô trop charmant Vainqueur,
   Je dois être votre captive;
   Vous avez enlevé mon cœur;
 Je ne crains plus que jamais il m'arrive,
 Divin Amour, de combatre avec vous.
Pour empecher ce mal je me livre ſans feinte:
   Mon ame a perdu toute crainte,
   Et veut s'expoſer à vos coups:

 Puniſſez, pardonnez, vous en étes le maitre.
Ces coups venant de vous rendront mon cœur heu-
    reux:
   Ce cœur feroit un lâche, un traitre,
  Si votre chatiment lui ſembloit rigoureux.
   Vous étes l'auteur de ſon être,
  Et vous l'avez rendu trop amoureux.

VII. *Pour*

VII.

Pourquoi me cachez-vous votre visage, & pourquoi me croiez-vous votre enemi ?

L'ame.

AH, ne me cache plus ton aimable visage !
Je ne puis suporter ce cruel châtiment :
   C'est me punir bien d'avantage
  Que me livrer au plus rude tourment.

  Amour saint & sacré, n'as-tu pas d'autres peines ?
     Livre moi plutôt à tes feux :
Exerce sur mon corps les plus terribles gênes ;
Mais ne dérobe point tes charmes à mes yeux.

  Helas, divin Amour, je suis assez punie,
    Laisse moi te voir un moment ;
    Si non, je vais perdre la vie,
    Prends pitié de moi, cher Amant !

Notre Seigneur.

  Ne vois tu pas, trop indiscréte Amante,
    Que tu ne peux encor me voir ?
   'Ton cœur est-il sans désir & sans pante ?
    Est-il soumis à mon vouloir ?

  Ne m'importune plus, & soufre mon absence
    Pour te punir de ton erreur
    Et de ta folle résistance :
Pour me voir il te faut mieux épurer le cœur :

    Il faut t'abandonner toi-même,
    Me laisser faire à mon plaisir.
Si tu m'aimois comme je veux qu'on m'aime,
'Tu n'oserois former un seul désir.

VIII. *Qui*

Cur faciem tuam abscondis et arbitraris me inimicum tuum? Job. 13.

VIII.

Quis dabit capiti meo aquam et oculis meis fontem lacrymarum? Hierem. 9.

VIII.

Qui donnera de l'eau à ma tête, & à mes yeux
une fontaine de larmes, pour pleurer
jour & nuit ?

Ainſi qu'un alambic la chaleur de l'amour
   Diſſout le cœur & le diſtille en larmes ;
      S'il ne ſe fond pas chaque jour,
      Il n'eſt guere épris de ſes charmes.

C'eſt le premier éfet que produit ce beau feu :
Mais un feu plus ardent fait paſſer l'Amant même
      Dans le cœur de ce Dieu qu'il aime ;
         Alors il n'eſt plus de milieu
         Entre cet Amant & ſon Dieu.

Pleurez, mes yeux, pleurez, changez vous en fon-
         taine,
      Afin de me faire obtenir
      Cette charité ſouveraine
      Qui peut ſeule à mon Dieu m'unir.

I X.

*J'ai été affiegé des douleurs de l'enfer, & les piéges
de la mort ont été tendus devant moi.*

MAlheureux que je fuis, où me voi-je reduit?
La mort, & l'enfer qui m'entraine,
Me montrent ma perte certaine
Sans que je puiffe voir où la mort me conduit.

Mourant je fuis dans fes filets,
Mon ame eft déja prifonniere;
L'enfer qui me tient dans fes rets
Ne permet pas feulement que j'efpere.
Grand Dieu, venez me fécourir;
Si non, je fuis près de périr.

J'apperçois mon Sauveur d'une main fécourable
Qui vient brifer à l'inftant mes liens:
Que ce fécours m'eft favorable!
Ranimant mon efpoir il me fait mille biens.

Helas, tirez moi de moi-même,
Et je ne craindrai plus ni l'enfer ni la mort:
Si quelque jour mon cœur vous aime,
Je me rirai de leur éfort.

Pardonnez mon forfait, faites que je vous fuive,
O mon puiffant Liberateur!
Et fi vous voulez que je vive,
Que ce foit donc pour votre honneur!

X. N'en·

IX.

Dolores inferni circumdederunt me, prae-
occuparent me laquei mortis. Psal. 17.

T. Smit fec:

Non intres in judicium cum servo tuo, quia
non justificabitur in conspectu tuo omnis vivens!
Psal. 142.

X.

N'entrez point en jugement avec votre serviteur.

QUe votre jugement est saint, est équitable !
    Je me suis livré dans vos mains,
    Divin Maitre de mes destins :
    Je ne puis plus être comptable.

Vous possédez mon bien, je vous l'ai tout remis,
    Je ne saurois vous rendre compte,
L'amour est mon Garant, & vous m'avez permis
    De vous le préfenter sans honte.

Helas, si vous vouliez compter avecque moi,
    Je serois tôt reduit en poudre ;
    Mon esprit tout rempli d'éfroi
    Atendroit tremblant votre foudre.

    Pour éviter ce grand malheur
    J'ai quité ce vilain moi-même ;
    Je vous ai tout remis, Seigneur,
    Restant dans un néant extrême.

Je ne comptai jamais, ô mon Souverain Bien,
    Ni les travaux, ni la soufrance :
    Si je reste dedans mon rien
Pouvez-vous exercer sur moi votre vengeance ?

Sans compter je veux bien subir l'augufte loi
    De la Justice qui m'est chére :
    Mais je ne vois pas, ô mon Roi ;
    Où tomberoit votre colére :
    La foudre éclate sur les corps :
    Je ne puis craindre ses éforts ;
Car sur le rien elle ne peut rien faire.

Mon divin Maitre, helas, dans ce terrible jour,
    Ne me jugez que sur l'amour.

X I.

Que la tempête ne me submerge point ; & que je
ne sois point enseveli dans cet abime.

JE suis presqu'abimé par l'orage & les flots,
 Sur moi fondre je vois une horrible tempête;
   La foudre déja sur ma tête
   M'ôte l'espoir & le repos.

 Venez à mon sécours, seul Auteur de ma flame,
  Sans vous, sans vous je vais périr:
   Voiez le trouble de mon ame;
   Helas! daignez me sécourir.

 Ah, ce n'est pas en vain, grand Dieu, qu'on vous
   apelle;
   Vous venez à mes cris perçans;
   Et dans les dangers plus pressans,
   Que votre amour paroit fidelle!

 J'étois presqu'englouti dans le fond de la mer,
  Je m'enfonçois toûjours dans l'onde;
   Mais votre grace sans seconde
   M'a retiré quand j'allois m'abimer.

Notre Seigneur.

 Je te tire d'ici pour un plus grand naufrage;
  Je veux t'abimer dans l'amour:
   C'est où tu trouveras un jour
   Et ta perte & ton avantage.

L'ame.

 Tirez moi seulement de l'état où je suis,
   O vous, Seigneur, en qui j'espere.
De votre volonté mon cœur est trop épris
  Pour ne vouloir en tout vous satisfaire.

 Faites, faites de moi selon votre plaisir,
  Daignez me donner la constance;
   Je ne craindrai plus la soufrance,
Je sens déja pour elle un souverain désir.

         X I I. *Qui*

XI

Non me demergat tempestas aquæ, neq; absor-
beat me profundum! Pfal. 68.

Quis mihi hoc tribuat ut in inferno protegas me, et abscondas me donec pertranseat furor tuus? Iob. 14.

XII.

Qui me pourra procurer cette grace que vous me metiez à couvert, & me cachiez dans l'enfer, jufqu'à ce que votre fureur foit entierement paffé?

QUe ferai-je, Seigneur, pour éviter tes coups,
    Pour me cacher à ta colere?
    Eft-il quelque antre fous la terre
Où je fois à l'abri de ton jufte courroux?

    Je fuis pénétré de douleur
    D'avoir atiré ta vengeance;
    Je céde bien moins à la peur
    Qu'au déplaifir de mon ofenfe.

Helas, fi tu voulois me punir aujourd'hui
    En faifant ceffer ta colére,
    Je verrois changer mon ennui,
    Ah Seigneur, en qui feul j'efpére!

    La douleur de t'avoir déplû
    Me donne une peine cruelle,
    Mon cœur ceffe d'être rebelle,
Sous l'éfort de tes coups il fe trouve abatu.

Ne m'abandonne pas à ma propre miſére,
    O toi, toi, Sauveur des humains;
Sufpens pour quelque tems ta juftice fevére,
Daigne me proteger de tes puiffantes mains.

    Je fai que tes mifericordes
    Surpaffent notre iniquité:
Si j'obtiens mon pardon, & fi tu me l'acordes
Je te fatisferai par mon humilité.

XIII.

Le peu de jours qui me reſtent ne finiront-ils point
bientôt ? Donnez moi donc un peu de relâche,
afin que je puiſſe reſpirer dans ma douleur.

LAiſſez moi pleurer ma douleur,
Doux artiſan de mon martire.
O vous, pour qui mon cœur ſoupire,
Que vous avez bientôt changé votre fureur !

A peine ai-je pleuré quelque tems mon ofenſe,
Que vous venez me ſoulager :
Laiſſez couler mes jours dedans la pénitence,
Vous ſavez bien mal vous venger.

Je ſuis près de ma fin, & mes jours comme l'ombre
S'évanouïront à l'inſtant :
Ah, dans cette demeure ſombre
Laiſſez moi pleurer, cher Amant.

Vous voulez que je me conſole
Même après vous avoir déplû,
Et votre divine parole
Me va faire oublier tout ce qui vous eſt dû.

Vos careſſes pleines de charmes
Même malgré mon cœur ont fait tarir mes larmes
Je ſens déja la paix inonder mon eſprit :
Et je n'éprouve plus ces cruelles alarmes
Qui me rendoient tout interdit.

Puiſque vous le voulez j'abandonne mon ame
A ce calme divin que goutent vos Amans,
Je ſens naitre en moi cette flame
Qui fait tout leur contentement.

Ne ſoufrez pas, Seigneur, que mon cœur vous
ofenſe,
Prévenez mon forfait puniſſant mon péché :
J'adorerai cette vengeance
Si d'infidélité mon cœur n'eſt point taché.

XIV. *Ab*

XIII.

Nunquid non paucitas dierum meorum finie-
tur brevi? Dimitte ergo me ut plangam paul-
lum dolorem meum? Iob. 10.

Utinam saperent et intelligerent ac novissima providerent! Deuteron. 32.

X I V.

Ah s'ils avoient de la sagesse! Ah s'ils comprenoient
ma conduite, & qu'ils prévissent à quoi
tout se terminera!

VOus me montrez, Seigneur, cette gloire future,
    Afin de consoler mon cœur :
    Cela plait fort à la nature ;
Mais je veux vous aimer avec bien plus d'ardeur.

    Cachez moi cette recompense,
    Que vous gardez pour vos enfans :
Laissez moi vous aimer avec cette constance
    Qui n'atend rien de vos présens.

    Quand vous n'auriez à me donner
    Que les flames pour mon partage,
    Je voudrois toûjours vous aimer
    Et vous servir avec même courage.

Mais pourrois-je l'avoir si vous ne le donnez
    Cet amour pur que je désire ?
    C'est un éfet de vos bontés ;
Je voudrois l'acheter par un rude martire.

    Afin de l'aquerir je n'ai rien à donner,
    Car je suis la pauvreté même :
    Je puis, en tout, m'abandonner,
Et vous montrer par là, grand Dieu, que je vous aime.

Recevez mon néant ; c'est mon unique bien :
    Le néant est mon seul partage.
    Je vous veux, ou je ne veux rien ;
Soiez, Amour, mon unique héritage !

X V. Ma

X V.

Ma vie se consume de douleur, & mes années se
passent dans les gemissemens.

MEs jours se sont passés dans les gemissemens,
    En douleurs s'écoule ma vie :
    Mais , ô Roi de tous les Amans,
    J'en serai bientôt afranchie.

Je voi de loin la mort qui semble m'aprocher ;
    Je n'ose témoigner de joie :
    J'apréhende de vous fâcher.
    Helas, faites que je vous voie !

Vous pouvez tout d'un coup purifier mon cœur ,
    Et vous le rendre si conforme,
    Malgré cette foible langueur,
    Qu'il n'y reste plus rien de l'homme.

Qu'afranchie de tout je ne subsiste plus :
    Arrachez moi, mon Seigneur, à moi-même :
    Que je ne vive qu'en J E S U S ;
    Et seul en moi qu'il s'adore & qu'il s'aime !

    Ah je suis reduite au néant :
Son amour m'a ravi cette vigueur premiere,
    Qui me faisoit courir incessamment
    Vers cette source de lumiere.

Je ne puis plus agir ; je ne puis que soufrir ;
Mon cœur même, mon cœur, ne sauroit plus gemir :
    Il éprouve une paix profonde,
    Comme s'il étoit seul au monde.

Je ne me connois plus, je ne sai si je suis,
    Je n'ai ni force, ni puissance ;
    Vos bras, qui me servent d'apuis
    Ne m'otent pas ma défaillance.

Je ne saurois vouloir, je n'ai plus de désir ;
    Mon ame est morte à toute chose ;
    N'est-il pas tems, cher Epoux, de mourir ;
Et de me réünir à la premiere cause ?

                                   L. I.

Defecit in dolore vita mea et anni mei in gemitibus. Psalm 30.

Concupivit anima mea desiderare justificationes tuas. Psal. 118.

LIVRE II.

XVI.

Mon ame a défiré avec une grande ardeur vos
ordonnances.

Retire toi, va-t'en, amour trompeur,
  Je te détefte & je t'abhorre.
Depuis le tems que j'ai donné mon cœur
A ce Dieu fouverain que j'aime & que j'adore,
Je n'ai plus écouté tes profanes difcours :
  Ofes-tu bien venir encore,
Afin de me troubler dans mes chaftes amours ?

  Celui qui tient mon cœur faura bien le défendre.
    Quite ton arc & ton bandeau,
    Ou te retire en un païs nouveau :
Les flames de l'amour qui m'ont reduite en cendre
Font que je ne faurois rien goûter ici bas :
    Quand on a connu fes apas,
Peut-on d'un vain objet encor fe laiffer prendre ?

    O mon célefte Epoux,
Mes yeux, mes chaftes yeux ne voient plus que vous :
Tous les autres objets font des objets funébres
Qui me feroient périr au milieu des ténébres.

Vous êtes mon bonheur, vous êtes ma clarté ;
Je ne connois que vous, fouveraine Beauté.
C'eft vous qui pénétrez le centre de mon ame,
C'eft vous qui me brulez d'une fi douce flame,
    Que je n'en veux jamais guérir :
Brulez toûjours mon cœur, ou me faites mourir !

C   XVII. Dai-

XVII.

Daignez, Seigneur, régler mes voies de telle for-
te, que je garde la justice de vos ordonnances.

DAns ce terrible labirinte,
Si rempli de tours & détours,
Je marche, cher Epoux, sans crainte
Sur la foi de votre secours.

Je regarde de loin tomber au précipice
Les plus hardis & le plus clair-voiant:
Je vais sans voir & tout mon artifice
Est de m'abandonner aux soins de mon Amant.

Cet aveugle est un grand exemple
De l'abandon & de la foi;
Lorsque de loin je le contemple
Je me sens ravir hors de moi.
Il suit son petit chien & marche en assurance
Sans broncher ni faire un faux pas.
Je suis guidé par votre providence
Et je pourrois ne m'abandonner pas?

Celui qui compte sur sa force
Sur son adresse & son agilité
Son orgueil lui servant d'amorce
Est aussitôt précipité.

Qui peut dans un si grand danger
Encor se fier à soi-même;
Ah, que son audace est extrême!
Vous m'aprites à me ranger
Sous les soins de la providence
Et cette admirable science
Ne me laissa plus rien à ménager.

Cette vie est un labirinte;
Si l'on veut marcher sûrement.
Que notre foi soit aveugle & sans feinte
Notre amour pur, & sans déguisement.

XVIII. *Aser-*

XVII.

*Utinam dirigantur viæ meæ ad custo-
diendas justificationes tuas! Psal. 118.*

Perfice gressus meos in semitis tuis, ut non moveantur vestigia mea. Psal. 16.

X V I I I.

Afermiſſez mes pas dans vos ſentiers, afin que mes
pieds ne ſoient point ébranlés.

JE ne ſuis qu'un enfant, je ne ſaurois marcher,
  Divin Amour, ah, conduis moi toi-même !
Que ma foibleſſe, ô Dieu, puiſſe un jour te toucher :
  Qu'elle eſt grande, & qu'elle eſt extrême !

  Tu m'enſeignes les vrais ſentiers
  Qui conduiſent à la juſtice :
Sans ta puiſſante main je ne voi que bourbiers ;
  Enſuite abimes, précipice.

Je tremble à chaque pas ; ah, viens à mon ſecours !
  Cet apui ne me ſert de guere ;
  Sans le ſoutien de mes amours
Je puis à chaque inſtant retourner en arriere.
  Amour, ne m'abandonne pas,
  Régle & conduis toûjours mes pas.

XIX.

Percez ma chair de votre crainte : car je suis saisi
de fraieur dans la vûe de vos jugemens.

SEigneur, une vile poussiere,
Un néant plein de vanité,
Indigne de votre colère,
Doit atirer votre bonté.

Non, non ce ne sont point vos coups,
Divin amour, que j'aprehende ;
Je ne crains que votre courroux ;
Helas, que ma douleur est grande !

Où puis je aller pour me cacher ?
Ma fraieur augmente sans cesse ;
Car la justice vengeresse
M'ateindra bien sans me chercher.

Je voi cependant, mon cher Maitre,
Que sous ce masque de fureur
Vous voulez vous cacher, peut être,
Mon mal ne sera pas aussi grand que ma peur.

Helas, je suis si peu de chose !
Voulez vous me perdre à l'instant ?
Vous, mon principe & ma premiere cause,
Pouvez me reduire au néant.

Ah, retirez donc votre foudre ;
Il n'est pas besoin de vos dards.
Afin de me reduire en poudre,
Il ne faut qu'un de vos regards.

XX. Di-

XIX.

Confige timore tuo carnes meas, à judiciis enim tuis timui. Psal. 118.

Averte oculos meos ne videant vanitatem.
Psal. 118.

X X.

Détournez mes yeux, afin qu'ils ne regardent pas la vanité.

TOus les plaifirs qu'on eftime en ce monde,
    S'écoulent plus vite que l'onde ;
    Heureux font ceux qui detournent les yeux
De ce monde flateur, méprifant fon langage,
    Ils auront un double avantage ;
Leur efprit délivré des objets odieux,
Ils peuvent contempler le Monarque des cieux.

    C'eft vous, divin Amour, qui faites ces merveilles :
    Sitôt qu'on s'abandonne à vous
    Vous nous gardez du monde & de fes coups,
    Et nous comblez de graces fans pareilles.

    Vous nous faites haïr la folle vanité,
Et nous faites aimer l'augufte Vérité,
Vous conduifez nos pas felon votre fageffe
Nous faifant éviter une fade molleffe.

    Ah, cachez moi toujours de cet objet trompeur !
    Ce fin & rufé fuborneur
    Avec fes faux plaifirs enchante,
Et pourroit enlever le cœur de votre Amante.

XXI.

Faites que mon cœur se conserve pur dans la prati-
que de vos ordonnances pleines de justice ; afin
que je ne sois point confondu.

AH, recevez mon cœur, je n'en veux plus d'usage,
Si ce n'est, mon Seigneur, afin de vous aimer :
    Acordez moi cet avantage,
    Daignez vous-même l'enflamer.

S'il est entre vos mains vous le rendrez fidelle,
    Je n'en abuserai jamais,
    Me réglant sur ce qui vous plait.
Que votre sainte loi chez moi se renouvelle,
Et que, sans m'éloigner de vos sentiers divins,
    Mon cœur soit toûjours en vos mains :
    Conduisez le, Bonté suprême :
    Faites plus, perdez le en vous même.

Qu'il n'en sorte jamais, que je le cherche en vain,
    Qu'il soit tout caché de ma vue,
    Abimé dans l'Essence nue ;
Je benirai toûjours son trop heureux destin.

A.Smit f.

Fiat cor meum immaculatum in justifica: tionibus tuis, ut non confundar. Psal. 118.

Veni dilecte mi, egrediamur in agrum,
commoremur in villis. Cantic. 7

XXII.

Venez, mon bien-aimé, sortons dans les champs,
demeurons dans les villages.

ALlons, mon cher Epoux , demeurer au village,
 Quitons la ville & l'embaras ,
 Je veux par tout suivre tes pas;
J'aime mieux habiter en quelque antre sauvage.

  Là loin du monde & de son bruit
 Je veux t'aimer & te parler sans cesse ,
  J'aurai le calme de la nuit;
Là je contemplerai ta divine sagesse.

 En marchant avec toi je ne puis me lasser,
  Tu donnes des forces nouvelles:
  Suivant ces routes éternelles
On marche jour & nuit, même sans y penser.

 Partons dès maintenant, mon adorable Maitre,
  Sans plus retourner sur nos pas:
  Ah, je m'égarerois peut être,
  Divin Amour, si je ne t'avois pas:

  Que dis-je? il seroit vrai sans doute.
  Si tu me laissois un moment
  Eh , quelle seroit ma déroute,
Si je n'étois guidé par mon fidéle Amant!

X X I I l.

Tirez moi : nous courrons après vous à l'odeur de vos parfums.

T'Irez moi, mon divin Epoux;
　Alors nous courrons après vous:
Car la fuave odeur de vos parfums céleftes
　En me tirant de mes langueurs funeftes
　Me ranime & ravit mes fens :
　　Ce parfum plus doux que l'encens,
　　M'invite fans ceffe à vous fuivre:
Sans ce divin parfum je ne faurois plus vivre.

　Que vous étes novice encore en votre amour,
　　Répondit l'Epoux à fon tour:
Vous voulez des parfums la douceur atirante;
　Vous étes une foible amante !

　Je connois un chemin plus folide & plus court;
　　C'eft celui de mon pur amour.
On ne cherche point là ni parfum, ni tendreffe;
　　On eft conduit par la Sageffe:

　C'eft là que la douleur, la peine, & le tourment;
　　Diftinguent le parfait Amant.
Quoi ! voulez-vous marcher fur la rofe fleurie
Quand j'ai dans les tourmens vû terminer ma vie?.
Suivez moi dans les maux, expirez fur la croix:
　　Vous ferez digne de mon choix.

X X I V. *Qui*

J. Smit f.

Trahe me, post te curremus in odorem
unguentorum tuorum. Cantic. 1.

XXIV.

I. Smit. fec

Quis mihi det te fratrem meum sugentem
ubera matris meæ, ut inveniam te foris et
deosculer te, et jam me nemo despiciat? Canticos 8.

XXIV.

Qui vous donnera à moi, ô mon frere, suçant les
mamelles de ma mére, afin que je vous trouve
dehors, & que je vous donne un baiser, & qu'à
l'avenir personne ne me méprise!

AH, qui me donnera mon Frére,
Qui succe le sein de ma mére!
Que je le porte sur mon cœur,
Que je l'embrasse avec ardeur!
De ses chastes baisers que s'il me favorise
Je ne crains plus qu'on me méprise:
Car je veux le mener dehors;
Là chacun verra mes transports.

Enfant divin, auteur de ma longue soufrance,
Tu ranimes mon espérance;
Je te trouve à présent; quel excès de plaisir!
Je t'exposerai mon désir,
C'est de me voir unie avec toi sans partage:
Acorde moi cet avantage,
Alors je ne craindrai plus rien
Paisible possesseur de mon unique bien.

D   XXV. *J'ai*

XXV.

J'ai cherché dans mon petit lit durant les nuits ce-
lui qu'aime mon ame : Je l'ai cherché ; &
je ne l'ai point trouvé.

POurquoi cherchez-vous dans le lit
  Votre Epoux, Amante indiscrete ?
En vain vous l'y cherchez dans cette sombre nuit ;
  Il ne fait pas là sa retraite.

 Avancez vous un peu, le voilà sur la Croix
  Percé de cloux ; paré d'épines ;
Vous ne le trouverez jamais que sur ce bois,
Les peines, les douleurs sont ses routes divines.

   C'est bien en vain que nous cherchons
Jesus dans le repos d'une indigne mollesse :
   Jamais nous ne l'y trouverons ;
Il vit dans la douleur, il meurt dans la tristesse :
   Il se fatigue incessamment
   Pour gagner l'ame pécheresse ;
   Son repos est dans le tourment.

 Soufrons, mourons à tout ; nous trouverons sans
     peine,
   L'illustre Epoux de notre cœur.
   C'est une recherche bien vaine
De vouloir dans le lit trouver notre Sauveur.

XXVI. Je

*In lectulo meo per noctes quaesivi quem dili-
git anima mea, quaesivi illum et non inveni.*
Cantic. 5.

Surgam et circuibo civitatem, per vicos et platias quæram quem diligit anima mea: quæsivi illum et non inveni. Cantic. 3.

XXVI.

Je me leverai, je ferai le tour de la ville; & je
chercherai dans les rues & dans les places pu-
bliques celui qui est le bien-aimé de mon ame : je
l'ai cherché, & je ne l'ai point trouvé.

NOn, non, je ne veux plus vivre dans le repos,
   Je veux courir par tout cherchant celui que j'aime:
     Je l'ai cherché mal à propos,
     Jamais je ne ferai de même.
D'une grande cité je vais faire le tour
     Pour lui témoigner mon amour.

     Que faites vous, ô folle Amante?
Ah, que vous cherchez mal, toûjours à contretems!
     Vous ne suivez que votre pante,
     Et vous laissez guider aux sens.

Vous cherchez dans le lit ; Jesus est sur la Croix:
Il est auprès de vous, vous courez dans la ville.
     Vous vous trompez dans votre choix :
     Ne quitez point ce petit domicile.

Aimez, soufrez pour lui, qui prendra votre cœur,
     Afin d'y faire sa retraite :
     Alors vous serez satisfaite,
En tout tems, en tous lieux possédant ce bonheur.

Vous goûterez la paix même dans la soufrance,
     Vous ne désirerez plus rien ;
Et votre cœur content de posséder ce bien
Vous aurez tout le reste avec surabondance.

XXVII.

N'avez-vous point vû celui qu'aime mon ame ?
Lorsque j'eus passé tant soit-peu au delà d'eux,
j'ai trouvé celui qu'aime mon ame : je le tiens ;
& je ne le laisserai plus aller.

EN m'éloignant de toute créature
J'ai trouvé mon célefte Epoux :
Quand je fuivois trop la nature
Je me privois d'un bien fi doux.

Je le tiens, cet Amant fidelle,
Je ne foufrirai plus qu'il s'écarte de moi ;
Je lui jure aujourd'hui une amour éternelle
Et pour jamais l'inviolable foi.

Demeurons, cher Epoux, dans cette folitude,
Je vous découvrirai mes feux :
Je n'y foufrirai point la noire inquiétude :
Vous poffeder eft le but de mes vœux.

Là féparée & loin de toute chofe
Je vous conterai mes amours :
Ah, faites que mon cœur dans votre cœur repofe,
Et qu'il y repofe toûjours !

XXVIII. Mais

XXVII.

Vos, quem diligit anima mea, vidistis? Paullulum cum pertransissem eos, inveni quem diligit anima mea: tenui eum, nec dimittam. Cantic. 5.

Mihi autem, adhærere Deo bonum est,
ponere in Domino Deo spem meam. Psal. 72.

XXVIII.

*Mais pour moi, tout mon bien eſt de me tenir uni
à Dieu, & de mettre toute mon eſpérance
au Seigneur, mon Dieu.*

QU'il m'eſt bon d'adhérer à vous,
Et d'y mettre ma confiance !
Eſt-il rien, mon divin Epoux,
Plus charmant que cette adhérance ?

Là nos cœurs ſont unis, nous n'avons qu'un vou-
loir,
Mon eſpérance n'eſt point vaine ;
J'éprouve le divin pouvoir,
Qui veut bien me porter d'une main ſouveraine.

Je ne crains plus ni peine, ni danger,
Portée que je ſuis par ce Dieu que j'adore
Que le tourment paroit leger !
Je l'aime d'autant plus, plaiſir, que je t'abhorre.

Quel changement, grand Dieu, je découvre en
mon cœur !
J'aimois la vanité, je la voi déteſtable:
Je craignois la moindre douleur;
Le tourment me paroit aimable.
C'eſt vous, divin Amour, qui m'avez fait ce bien
Car ſans vous je ne pourrois rien.

XXIX.

Je me suis reposée sous l'ombre de celui que j'avois tant désiré.

HElas, que j'ai souffert de peines, de travaux !
    J'étois errante & vagabonde,
    Je ne trouvois rien dans le monde
Qui pût servir à soulager mes maux.

    Heureusement j'ai trouvé sur ce bois
    Celui que mon ame aime:
    Par un bonheur extrême,
Mon cœur a fait ce digne choix.

J'ai trouvé mon repos sous cet arbre fertile,
    Où l'amour le tient ataché;
    Je l'ai choisi pour domicile,
Mon cœur ne pourra plus en être détaché.

    Je me repose sous son ombre,
    C'est où j'habite & la nuit & le jour:
    Plus ma demeure paroit sombre,
Plus elle a ce qu'il faut pour plaire à mon Amour.

    Là je trouve des fruits d'une douceur exquise;
    D'autres les trouveroient amers:
    Pour moi, j'avoûe avec franchise
Que je n'en ai point vû de tels en l'univers.

XXX. Com-

Sub umbra illius quem desideraveram.
Cant. 2.

*Quomodo cantabimus canticum Domini.
in terra aliena? Psal. 136.*

XXX.

Comment pourrions-nous chanter des cantiques du
Seigneur dans une terre étrangere?

L'Ame.

COmment pourrois-je, helas, dans la terre étrangere
    Entonner encor de faints airs?
Quand j'étois près de vous, mon Seigneur & mon
    Pére,
    Je formois de sacrés concerts.

    A present je laisse ma lire,
Je ne puis plus entonner de chansons:
    Il faut, il faut que je soupire;
    Mon triste cœur n'a plus de tons.

Notre Seigneur.

C'est moi, c'est moi, qui veux que pour ma
    gloire
    Tu puisses chanter en tous lieux:
Car il n'est point de demeure assez noire,
Où l'on ne doive aimer & bruler de mes feux.

L'ame.

Chantons donc, cher Epoux: que l'harmonie est
    belle
    Quand deux cœurs sont bien amoureux,
    Et leur flame chaste & fidelle,
    Que cet acord est merveilleux!

    C'est un concert toûjours le même,
    On n'y trouve point de faux ton,
    Jamais on n'aperçoit de Non:
Ce que l'un veut, quand l'amour est extrême,
    L'autre répond au même instant:
    Jamais de diferente note:
    O que ce Cantique est charmant,
    Qui le divin Amour dénote!
Chantons, mon cœur, & la nuit & le jour:
On ne peut trop chanter quand on est plein d'amour.

L i v r e III.

X X X I.

*Je vous conjure, ô filles de Jerusalem, si vous
trouvez mon Bien-aimé, de lui dire, que
je languis d'amour.*

O Vous, que j'aperçois, mes fidelles Compagnes,
   Vous qui parcourez les campagnes,
   Si vous rencontrez quelque jour
Mon Epoux, dites lui, que je languis d'amour.

   Helas! j'ai couru comme vous
   Pour rencontrer celui que j'aime:
   Tous mes travaux me sembloient doux
   Pour trouver cet aimable Epoux:
   Mais à present ma langueur est extrême.

Mon cœur est pénetré de ses divins apas,
   Et je ne saurois faire un pas,
Je trouve mon repos dans l'amour qui m'enchante;
   Et ce repos me reduit aux abois.
Helas! je cesserois d'être si languissante
Si j'entendois encor son adorable voix.

   Dites lui que je suis mourante;
Peignez lui mon tourment, ô mes aimables sœurs:
   Aprenez lui que son Amante,
Est prête d'exspirer sous le poids des douleurs.

Adjuro vos, filiæ Hierusalem, si inveneritis
dilectum meum, ut nuncietis ei, quia amore
langueo. Cantic. 5.

XXXII.

Fulcite me floribus, stipate me malis, quia amore langueo. Cantic. 2.

XXXII.

Soutenez moi avec des fleurs, fortifiez moi avec
des pommes : parce que je languis d'amour.

HElas, je vais mourir ! ah, couvrez moi de fleurs,
    Ne m'abandonnez pas, mes sœurs,
    Environnez moi de ces pommes
    Qu'on trouve au jardin de l'Epoux :
    Ah, cachez moi de tous les hommes,
    Et que je fois feule avec vous.

  ,, De quoi peuvent fervir, incomparable Amante,
,, Ces pommes & ces fleurs ? Vous êtes languiffante,
,, Il vous faut de l'amour les céleftes faveurs :
    ,, Craignez-vous de manquer de fleurs ?

    ,, Ce ne font plus ces bagatelles
    ,, Qui maintenant vous doivent foulager :
,, Les épines, les croix, ce font les fleurs nouvelles
    ,, Dont l'Epoux veut vous partager.

    ,, Laiffez la pomme favoureufe,
    ,, Il faut devenir généreufe
  ,, Si vous voulez plaire au célefte Epoux,
  ,, C'eft le moien de l'atirer en vous.

XXXIII.

Mon Bien-aimé eſt à moi, & je ſuis à lui. Il ſe
nourrit parmi les lis, juſqu'à ce que le jour com-
mence à paroître, & que les ombres ſe diſſipent
peu à peu.

C'En eſt fait, c'en eſt fait; je ne veux plus de fleurs,
    Si non pour faire une couronne
A mon céleſte Epoux; & pour lui j'abandonne
   Dès à preſent tant de fades douceurs.

      L'amas de lis qui m'environne
      Repreſente ma pureté;
      Et c'eſt mon Epoux qui la donne;
Ce qui n'eſt pas de lui n'eſt rien que vanité.

    Cher & divin Epoux, ah, gardez vos faveurs;
Ce que vous me donnez, d'abord je le veux rendre:
      Ce n'eſt pas aſſez de ces fleurs,
Mon cœur eſt tout à vous, ſans jamais le reprendre.

    Nous nous réjouïrons au milieu de ces lis,
      Juſqu'à ce que le jour revienne;
      Délicieuſes ſont mes nuits,
Vous permetez alors que je vous entretienne!

    Si je ſuis toute à vous, vous êtes tout à moi,
      Mon bonheur, ma joie eſt extrême.
      L'amour eſt mon unique loi;
Vous m'aimez: Vous ſavez, Seigneur, que je vous
      aime.

XXXIII.

Dilectus meus mihi et ego illi qui pascitur,
inter lilia, donec aspiret dies et inclinentur
umbræ. Cant. 2.

Ego dilecto meo, et ad me conversio ejus.

Cantic: 7.

XXXIV.

Je suis à mon Bien-aimé, & son cœur se tourne vers moi.

MOn cœur te fuit par tout, ô mon divin Amant,
    Comme le fer fuit son aimant:
Tu marques fur mon cœur comme fur la boussole
    Par tes regards, par ta parole
    T'es adorables volontés,
    Et me tournes de tous côtés.

  L'Heliotrope aussi tourne vers la lumiere
    De son Soleil dont il est amoureux;
    Et ne pouvant quiter la terre,
Il voudroit, comme lui, faire le tour des cieux.

  Mon cœur ainsi converti vers l'amour,
    L'amour est sa vive lumiere:
    Il me conduit dans ma carriere,
    Il fait & ma nuit & mon jour.

  S'il s'éloigne de moi, je suis dans les ténébres;
Lorsqu'il est près de moi la nuit devient clarté:
    Il m'inspire sa vérité,
Sans lui tous les objets font des objets funébres.

    Sans lui, je ferois dans la mort;
    Il est en moi l'esprit, la vie;
    De tous maux je suis afranchie
    Sans que je fasse aucun éfort.

    IL EST A MOI, JE SUIS A LUI;
    Que cet amour est reciproque!
    Rien en cela n'est équivoque
    Puisqu'il en est le ferme apui.

X X X V.

Mon ame s'eſt fondue ſitôt que mon Bien-aimé
a parlé.

O Feu pur & divin, chaleur délicieuſe,
 Tu détruis une ame amoureuſe!
Je fonds ſitôt que j'entends la douceur
 De cette divine parole:
 C'eſt elle qui diſſout mon cœur:
Que l'amour eſt une admirable école!
 L'ame s'écoule en ſon Seigneur.

Il ne lui reſte plus de propre conſiſtance;
 Elle ſe perd & s'abime en ſon Dieu:
  L'activité d'un ſi beau feu
  Lui donne une entière innocence.

C'eſt toi, divin Amour, qui fais ce changement;
C'eſt toi qui fais paſſer l'ame dans ce qu'elle aime;
C'eſt toi qui la reduis en un certain néant,
Elle y trouve le Tout par un bonheur extrême.
  Baniſſons la proprieté,
  Nous trouverons la vérité;
Et nous la trouverons dedans la ſource même.

XXXVI. Car

XXXV.

Anima mea liquefacta est, ut dilectus occultus est. Cantic. 5.

XXXVI.

*Quid enim mihi est in cælo? et à te quid
volui super terram?* Psal. 72.

XXXVI.

Car qu'y a-t'il pour moi dans le ciel, & que défirai-
je fur la terre, fi non vous ?

APrès ce changement, que pourrois-je vouloir
  Sur la terre & dans le ciel même ?
Je ne trouve chez moi ni défir, ni pouvoir;
  Tout eft paffé dans ce que j'aime.

 Vous étes, ô mon Dieu, pour moi le ciel des cieux,
  Votre bonheur me rend contente;
  Vous ferez toûjours glorieux,
  Je n'ai donc plus aucune atente,

 Tout mon bien eft en vous, il ne fauroit périr;
  Vous ferez toûjours adorable:
  C'eft où fe borne mon défir;
Votre félicité rend la mienne immuable.

 O mon célefte Epoux, je ne puis exprimer
  Ce que je fens dans le fond de mon ame:
  Vous avez daigné l'imprimer
  Avec des traits de pure flame.
  Ah, ne les éfacez jamais;
  C'eft le comble de mes fouhaits !

XXXVII.

Helas , que mon exil est long ! Je vis parmi les habitans de Cédar. Mon ame est ici étrangere.

QUe mon exil est long, cher & divin Epoux !
    J'atends la fin de ma carriere ;
    Et votre divine lumiere
Defend de défirer un bien qui m'est si doux.

    Je fuis dans la terre étrangere,
  Dont j'abhorre les habitans ;
    Car on ne vous y connoit guere,
    Ce qui redouble mes tourmens.
    Vos ennemis me font la guerre :
    Cependant j'habite avec eux,
Et je ferois fans vous dans un malheur afreux.

    Je me retire en folitude :
    Je vous raconte mon tourment ;
    Et je fuis fans inquiétude
    Au milieu d'un peuple méchant.

Vous n'étes point aimé, doux centre de mon ame ;
    Nul ne brule de votre flame :
Que c'est être méchant que ne vous pas aimer !
    Vous avez daigné m'enflamer ;
Pourquoi me laiffez-vous chez un peuple rebelle,
    Puis que je ne vis que pour vous ?
  Ah , fi jamais mon cœur vous fut fidelle
    Enlevez moi, mon cher Epoux !

XXXVIII. *Mal-*

*Heu mihi, quia incolatus meus prolengatus est;
habitari cum habitantibus Cedar; multum
incola fuit anima mea! Psal. 119.*

XXXVIII.

Infelix ego homo! Quis me liberabit de corpore mortis huius? Ad Rom. 7.

XXXVIII.

Malheureux homme que je fuis! qui me délivrera
du corps de cette mort?

JE languis dans une prifon,
Où je puis, cher Epoux, vous devenir contraire:
    Ah, voiez mon afliction,
    Et m'empêchez de vous déplaire.

Je fuis, helas, je fuis un homme malheureux,
    Encor renfermé dans moi-même,
    Qui ne fais rien de généreux
Pour plaire à cet objet que j'adore & que j'aime.

L'efprit m'atire en haut; le corps me tire en bas;
    Pour moi c'eft un combat étrange:
    Je voudrois marcher fur vos pas;
Et, malgré moi, mon corps, à fes défirs me range.

Aiez pitié, grand Dieu, de mon malheureux fort;
    Vous connoiffez mon extrême foiblefle:
    Tirez moi de ce corps de mort;
    Je l'atends de votre fagefle.

XXXIX.

*Je me trouve preſſé des deux côtés : car je déſire
d'être dégagé des liens du corps , & d'être
avec Jeſus-Chriſt.*

MOn cœur vole vers vous ; mon corps tient à la
terre;
Rompez donc ce lien qui le tient ataché;
Puiſque vous ſeul le pouvez faire ;
Contre mon oraiſon ne ſoiez point faché.
O vous, Seigneur en qui j'eſpére,
De ma douleur ſoiez touché,
Vous étes mon Seigneur, mon Sauveur & mon Pére.

Je déſire ardemment pour m'unir avec vous
D'être bien loin de tout le reſte:
Vous ſavez, mon divin Epoux,
Combien ce monde je déteſte.

J'y ſuis cependant malgré moi,
Et j'y demeure en patience:
Votre vouloir ſera toûjours ma loi,
Je vivrai par obéïſſance.

Coarctor autem è duobus; desiderium
habens dissolvi et esse cum Christo. Ad Philip 1.

Educ de custodia animam meam de Confi-
tendum nomini tuo! Psal 141.

X L

*Tirez mon ame de la prison, afin que je beniſſe
votre Nom.*

Helas, mon ame eſt priſonniere!
Tu pourrois, cher Epoux, la tirer de priſon:
Tu n'écoutes pas ma priere,
J'en ſuis dans la confuſion.

Ah, ſi par ta bonté tu me tirois de moi,
Ce ſeroit un double avantage;
Car le *moi* n'eſt qu'un eſclavage,
Qui me rend indigne de toi.

Divin Epoux, doux centre de mon ame,
Ah! c'eſt contre ce *moi* que ſans fin je reclame;
Car c'eſt-là la priſon trop fatale à mon cœur:
L'autre ſe porte en patience:
'Tirez moi de *moi*, cher Vainqueur,
Et je vivrai, quoique dans la ſoufrance,
Sans me plaindre de mon malheur.

X L I.

*Comme le cerf soupire avec ardeur après les sources
d'eau ; de même mon ame soupire vers vous,
ô mon Dieu.*

LE cerf désire avec bien moins d'ardeur
    Les claires eaux d'une fontaine,
    Que je ne désire, Seigneur,
L'eau que vous prometiez à la Samaritaine.
    Ne me laissez donc plus languir,
Mon alteration est devenue extrême :
    Vous savez combien je vous aime,
Je ne puis diferer ce bonheur sans mourir.

Donnez moi dans ma soif ces eaux intarissables,
Qui produisent en nous un fleuve plein de paix :
    Vos bontés sont inépuisables,
    Daignez contenter mes souhaits.

En me desalterant vous me rendrez la vie :
    Ah, prenez pitié de mon sort :
    Puisque je vous suis asservie,
    Venez, ou me donnez la mort.

XLII. *Quand*

Quemadmodum desiderat cervus ad fontes aquarum; ita desiderat anima mea ad te Deus. Psal. 41.

Quando veniam et apparebo ante faciem Dei? Psal. 41.

XLII.

Quand irai-je paroitre devant la face de Dieu?

QUand me ferez-vous cette grace
De m'apeller auprès de vous?
Quand fera-ce, ô divin Epoux,
Que vous rendrez mon bonheur éficace?

Quand me ferez vous voir votre aimable vifage?
Je languis la nuit & le jour:
Si vous acceptez mon amour,
Retirez moi de l'efclavage.

Vous étes mon fouverain Bien,
Mon bonheur, mon centre, & ma gloire:
Hors vous je ne défire rien;
Vous avez fur mon cœur une entiere victoire.

Me voulez-vous laiffer longtems languir,
Auteur de ma pudique flame?
Me voulez-vous laiffer longtems gemir?
Vous m'atirez, vous enlevez mon ame:
De cet atrait fi fort on feroit trop heureux,
Si l'on pouvoit mourir, & mourir à vos yeux!

Amante trop heureufe, ah que ton fort eft beau!
Quoi, tu te crois infortunée!
Pour affurer ta deftinée
L'Epoux n'auroit qu'à tirer le rideau.

Mais tu ne comprens pas cet augufte miftere:
Si tu favois le trouver par la foi,
Loin d'afpirer à ton heure derniere,
Tu t'abandonnerois au vouloir de ton Roi.

Ce qu'on croit un amour extrême,
Se recourbe encor fur foi-même;
On veut jouïr de fon Objet:
La réfignation parfaite
Entre les mains de Dieu lui plait dans fon fujet.
Il n'eft point honoré par tout ce qu'on fouhaite:
Le fouhait eft l'éfet de notre volonté;
Et l'on doit tout remetre à fa pure bonté.

F 2　　　　　XLIII. *Qui*

XLIII.

Qui me donnera des aîles comme celles de la colombe ; & je m'envolerai, & trouverai du repos ?

DOnnez moi, mon divin Epoux,
  Comme à la colombe des ailes,
Afin que je vole vers vous,
Que mes amours foient éternelles.

Mon efprit & mon cœur ne font plus fur la terre,
Ils habitent déja le célefte féjour:
Détruifez, ô divin Amour,
Ce corps pefant qui me refferre.

  C'eft lui qui me retient encore,
Mon ame eft déja dans les cieux ;
Ah, faites, Seigneur que j'adore,
Que j'exfpire devant vos yeux !

  Je fuis dans une peine extrême,
Et dans une agitation ;
  Tirez moi, puifque je vous aime,
Et m'apellez vers vous; ô Seigneur de Sion.

  Là je vous goûterai dans une paix profonde,
  Qu'on ne connoit guere ici bas.
  Heureux qui feparé du monde,
S'ocupe nuit & jour de vos divins apas !

XLIV. Sei-

Quis dabit mihi pennas sicut columbæ,
et volabo et requiescam? Psal. 54.

XLIV.

Quam dilecta tabernacula tua, Domine virtutum! Concupiscit et deficit anima mea
in atria Domini. Psal. 83.

XLIV.

Seigneur des armées, que vos tabernacles sont ai-
mables! Mon ame languit & se consume de dé-
sir d'être dans la maison du Seigneur.

QUe votre Tabernacle, Amour, est désirable,
  Dieu toutpuissant, ô Seigneur des vertus !
    Beauté simple autant qu'adorable,
    Vous tenez mes sens suspendus :

      Vous m'enlevez hors de moi-même;
    Je ne sai plus ce que je suis :
    Plus mon amour devient extrême,
    Et moins je sai ce que je dis.

      Helas ! j'ai perdu la parole ;
  Parlez pour moi, vous, mon souverain Bien :
    Je viens aprendre à votre école,
    Vous m'instruisez en secret de mon Rien.

      Quand je vous cherchois par moi-même,
    Je m'apuiois sur mes éforts ;
    Mais votre Sagesse suprême
En m'aprenant ses merveilleux ressorts
M'aprit aussi comme il faut qu'on vous aime,
Et que je dois modérer mes transports,
Ils sont trop bas pour la grandeur suprême.

 XLV. *Fuiez,*

XLV.

*Fuiez, ô mon Bien-aimé, & ſoiez ſemblable à un
chevreuil, & à un fan de cerfs, en vous reti-
rant ſur les montagnes des aromates.*

QUe vous m'avez apris une haute leçon,
O trop charmant Docteur, que mon ame eſt
contente!
Je n'aime plus à ma façon,
J'entre dans les devoirs d'une parfaite Amante.

Je vous voulois pour moi, mais je vous veux pour
vous:
Fuiez, fuiez, mon cher Epoux,
Fuiez, & faites des conquêtes;
Je ne ferai plus de requetes
Que pour vos interets, que pour le pur amour:
Allez, courez toute la terre,
Faites par tout un long ſéjour
En parcourant l'un & l'autre hemiſphere,
Gagnez cent mille cœurs: mon eſprit ſatisfait
N'aura plus pour moi de ſouhait.

Que j'étois foible, helas, croiant ma flame pure!
Tout étoit mélangé d'ordure,
J'étois, en vous aimant, de mon amour la fin;
Peut-on aimer ainſi le Seigneur ſouverain?

Je vous aime d'une autre ſorte:
Et, quoique ſans empreſſement,
Mon amour eſt cent fois plus forte;
Elle eſt pure, elle eſt ſimple & ſans deguiſement.

O mon céleſte Epoux, remportez la victoire
Sur tous les cœurs dans ce grand univers;
Je ne penſe qu'à votre gloire:
Et quand je ſoufrirois mille tourmens divers,

Mon

XLV.

I. Smit fec.

Fuge dilecte mi, et assimilare capreæ, hinnuloq́,
cervorum super montes aromatum. Cantic. 8.

Mon cœur, mon triste cœur, ne fera plus de plainte,
Il vous aime à préfent fans feinte:
Il n'eft plus de divifion:
J'ai trouvé le fecret de l'entiere union.

ETRE parfait, indivifible, immenfe,
Rempliffant tout fans ocuper de lieu,
Celui qui pleure votre abfence
Ignore que vous êtes DIEU.

CON-

CONCLUSION.

COncluons que la fin de ces tendres foupirs,
     Eft la fin de tous nos défirs.
Que défirer hors vous, mon adorable Maitre?
Les cieux mêmes fans vous, doux Auteur de mon
         être,
Ne pourroient fatisfaire un cœur comme le mien.
     Vous étes mon unique Bien.
Avec vous les douleurs feront mon avantage,
L'enfer même, l'enfer, fi j'étois près de vous,
     Me feroit un heureux partage,
     Ses tourmens me fembleroient doux.
     Le Ciel & toutes fes délices
     Sans vous me feroient des fuplices.

     Pour mettre ceci dans fon jour,
Difons que tous les lieux lorfque le cœur vous aime,
     Seront pour lui près de vous tout de même:
Il n'eft plus de tourment où régne votre Amour.

     Soiez fi tranquile, ô mon feu,
     Qu'il n'en forte point d'étincelle:
     N'aions plus de foupirs, de crainte, ni de zele,
     Que pour la gloire de mon DIEU.

F I N.

LES
EMBLÉMES
D'OTHON VÆNIUS
SUR
L'AMOUR DIVIN,

qui reprefentent

les Difpofitions les plus effentielles

de l'interieur Chrétien.

G

PERFIGIT ET SVSTINET.

L'Amour pénétre & soutient l'Univers.

AMour, qui par vos traits pénétrez l'Univers,
Qui par le même éfet soutenez votre ouvrage,
Tout vous montre, ô grand Dieu, tout vous rend
    témoignage
Chaque objet vous produit par cent endroits di-
    vers.

  (a) Certes l'homme ici bas n'a pas droit de se
    plaindre,
Que vous vous cachez trop à ses foibles regards ;
Vous avez sû par tout si vivement vous peindre,
Que l'œil qui veut s'ouvrir vous voit de toutes
    parts.

  Mais de votre grandeur la marque la plus belle,
Et qui ne dépend point du raport de nos yeux,
C'est que quand on vous cherche avec un cœur
    fidelle,
On vous trouve en soi même encor mieux qu'en
    tous lieux.

(a) Ces Vers sont tirés de Mr. de Brebeuf avec un peu de
changement.

         O Ver-

O Verbe fait Enfant, ô Parole muette,
O Seigneur fouverain de la terre & des cieux,
Devenez aujourd'hui, par grace, l'interprete
De cette immenfité qui fe cache à nos yeux.

Je ne voi qu'un Enfant , & c'eft le Dieu fu-
prême ;
Outrepaffons les fens, l'efprit, & la raifon :
Découvrons au travers d'une foibleffe extrême
Le Dominateur de Sion.

Vous cachez vos brillans, vous couvrez vos
grandeurs
Sous les plus foibles aparences,
Afin de gagner tous les cœurs :
Surmontez donc leurs réfiftances.

Divin

Divin Enfant, qui méritez
Que tout le monde vous adore,
Faut-il qu'après tant de bontés
Aucun ici ne vous implore ?

On vit dans l'éternel oubli
De vos faveurs & de vous-même :
Je soufre de voir qu'aujourd'hui
Personne presque ne vous aime.

On veut passer pour généreux
Dans la plus noire ingratitude :
Enfant, les délices des cieux,
Qu'il m'est afligeant, qu'il m'est rude
De ne pouvoir trouver de cœur
Qui soit pénétré de vos flames,
Et dont vous soiez possesseur
Pénétrant le fond de nos ames.

Enfant si charmant & si doux,
Ah, rangez tout sous votre empire !
Puisque mon cœur est tout à vous
Acordez lui ce qu'il désire.

L Es eaux de Siloë, fi calmes & tranquiles,
        Par un afreux malheur,
Se glacerent un jour, & fes lavoirs utiles
En rochers tranfparens changerent leur liqueur.
L'abfence du Soleil fit d'un criftal liquide
        Une glace folide:
Le féjour de la paix étoit rempli d'horreur.
Mais çe divin Soleil par un retour aimable,
        Faifant reffentir fa chaleur,
Rendit à mon efprit un calme déleCtable
        Et la paix à mon cœur.

E M-

OCVLVS
NON VIDIT,
NEC AVRIS
AVDIVIT

Deus ante omnia amandus.

EMBLEME I.

Nous devons aimer Dieu sur tout.

NOn, le cœur ne sauroit comprendre
   Les biens que vous lui préparez ;
L'œil ne peut voir, l'oreille entendre
Ce dont vous recompenserez
L'Ame amante qui vous adore :
Mais, o Beauté que l'on ignore,
Le cœur, en ne comprenant pas,
Trouve que son Amour extrême,
Pour tant d'adorables apas
L'invite à sortir de lui-même.

   Il sait que vous êtes un Bien
A qui, Seigneur, tout autre céde,
Puis qu'auffitôt qu'on vous posséde
Le cœur ne demande plus rien.

   Enfin éclairé de la foi
Il sent tout défaillir en soi,
Lumineux en son indigence,
En perdant toute intelligence
Il comprend qu'un Souverain Bien,
Renfermant tout en soi par un bonheur extrême,
   Doit tout rendre heureux par soi-même.
   C'eſt tout dire en ne diſant rien.

II.

Il nous faut commencer.

ENseveli dans la misére,
Acablé de mille péchés
Où tous mes sens sont atachés,
J'étois près de périr: Mon charitable Pére,
Touché de tant de maux divers,
Me tend une main secourable,
Ouvre mes yeux, brise mes fers.
Pour faire un homme heureux d'un homme mise-
rable
Il ne demande rien que mon consentement:
Mais une fausse erreur, qui me flate & m'enchante,
Me fait préférer mon tourment
A sa bonté si tendre & si touchante.

Ah, que je hais ce cœur, que je le trouve ingrat!
Seigneur, montrez votre puissance,
Arrachez à ce scelerat
Même la liberté de faire résistance.

III. L'A-

Incipiendum.

Ex Amore adoptio.

III.

L'Adoption vient de l'Amour:

l'AMour me préfente à fon Pére,
Le Pére me reçoit en faveur de fon Fils;
   Le Fils me traite comme frére,
Il partage avec moi le bien qu'il a conquis.

   Heureufe ADOPTION, qui donne l'héritage
      Au vil efclave du Démon,
      Et lui donne droit au partage
De l'unique Héritier de la fainte Sion!

   LE PÈRE y donne un Fils pour fauver un ef-
         clave,
LE FILS lui donne & rend l'efclave racheté,
L'ESPRIT SAINT affocie à ce divin conclave
      Le ferviteur par LE PÉRE adopté.

   O Miftere d'Amour, qui te pourra comprendre,
Que le TOUT pour le RIEN daigne en terre def-
         cendre,
      Se faire Homme pour qu'il foit Dieu!
Taifez vous, ma Raifon, foiez dans le filence,
      C'eft ici le tems & le lieu
De ne laiffer parler que la Reconnoiffance.

I V.

L'Amour est droit.

L'Amour fonde le cœur humain,
Il veut une volonté pure,
Et reconnoit à la droiture
Si l'amour qu'on lui porte est Amour souverain.

Pour peu qu'il panche vers la terre,
Pour peu qu'il s'éloigne de lui,
Qu'il cherche en foi même un apui,
Il ne peut point paffer pour un Amant fincere.
Quand le cœur aime purement,
Vers le divin Objet il tend inceffamment :
Le refte lui paroit comme l'éclat du verre,
Auffi frêle que décevant.

Il eft vrai que du cœur l'Amour feul eft le poids ;
Tel eft l'Amour tel eft le choix.
Donne, donne à mon cœur, grand Dieu, la rectitude ;
Il fera fans panchant & fans inquiétude ;
N'envifageant que ta bonté
Son unique panchant fera ta vérité.

V. L'A-

Amor rectus.

Amor æternus.

V.

L'Amour est éternel.

QU'on est heureux en vous aimant,
Puisqu'on aime éternellement.
Tout ce qui n'est pas vous, & qu'on voit dans le
monde,
Est plus inconstant que n'est l'onde.

Les plaisirs d'ici bas n'ont qu'un fard décevant,
Les honneurs & les biens passent comme le vent :
Vous demeurez toûjours, vous êtes immuable,
Tout ce que vous donnez est charmant & durable :
Et lorsqu'un jeune cœur se livre à votre Amour
Vous paiez ses soupirs par un heureux retour.

Cet Amour est exemt de foiblesse & de crainte,
Il est sincere, il est sans feinte :
Lorsque vous enflamez, vous ressentez les feux ;
Quand vous liez mon cœur, je vous tiens dans mes
nœuds.

Ce réciproque Amour est constant & fidelle,
Sa chaine est éternelle :
Il est grand, il est saint, il est victorieux,
Et de plus il est seur d'être toûjours heureux.

VI.

l.'Amour de Dieu eſt le Soleil de l'Ame.

QUe vos raions, cher Epoux de mon cœur,
   Eclairent, pénétrent mon ame :
      Soiez mon unique vainqueur,
Que je brûle à jamais de votre douce flame !

   Que mon cœur eſt charmé de vos divins atraits !
Que je le trouve heureux d'être ſous votre empire !
      C'eſt un délicieux martire
      Que d'être bleſſé de vos traits.

      Plus vous bleſſez, plus on vous aime;
      J'adore même la rigueur
      Qui fait que m'ôtant à moi-même,
Vous ne me laiſſez rien de doux ni de flateur.

   Plus de NOI ! rien que VOUS ! que tout objet
      s'éface !
Je me ſens élever par une noble audace :
Tout ce qui n'eſt pas vous, eſt indigne de moi.
      En vous ſeul mon eſpoir ſe fonde ;
      Content de vous avoir pour Roi,
Avec mépris je voi tout le reſte du monde.

VII. L'A-

Sol mentis Amor Dei.

Amoris merces amplissima.

VII.

L'Amour se voit comblé de grande recompense.

JE te l'avois bien dit, Amante fortunée,
    Quel seroit un jour ton bonheur:
    Quelle admirable destinée!
Dieu se donne à celui qui lui donne son cœur;
Tu lui donnes le sien, il se donne lui-même;
Il est ton Créateur, & son Amour extrême
    Le rend ton débiteur.

    O l'admirable recompense!
Si l'on est trop paié d'un jour de sa préfence,
    Qu'est-ce qu'être éternellement
Epoufe de celui que les Anges revérent,
    En qui tous les hommes efpérent,
Et fondent leur bonheur & leur contentement?

VIII. L'A-

VIII.

L'Amour instruit.

ENseigne moi, mon Divin Maître,
  De bien faire ta volonté:
Eternellement je veux être
Docile aux loix que préscrit ta bonté.

   Cette doctrine incomparable
N'a rien que de sacré, n'a rien que de divin;
  Que mon cœur ainsi qu'une table
En soit gravé de ta divine main !

 Cette loi nous aprend à quiter toute chose,
   Pour suivre son Législateur.
Les préceptes sacrés que l'Amour nous propose
Sont solides, font doux, & n'ont rien de flateur.

   Qui les suit y trouve la vie,
   Qui les fuit rencontre la mort:
Qui les suit par Amour, éprouve que son sort
    Devient digne d'envie;
   Puisque ce Maitre tout divin
Pour prix donne un bonheur qui n'a jamais de fin.

Amor docet.

Amor thesaurus carissimus.

I X.

L'Amour est un tresor très-cher & pretieux.

Où l'on met son trefor on met aussi son cœur :
  Si ton trefor est Dieu, Dieu seul est ta richesse ;
C'est là qu'on goute un assuré bonheur,
    Possédant la vraie sagesse.

    Le monde a des apas trompeurs,
Qui chatouillent l'esprit, mais le laissent tout vuide :
    L'Amour divin a des faveurs,
Dont la douceur est charmante & solide.

Le monde nous promet, & ne nous donne rien :
    Jesus nous donne toutes choses ;
  On trouve en lui le véritable bien,
  Le monde a plus d'épines que de roses.
Vous serez, ô mon Dieu, mon trefor pretieux,
A tout autre qu'à vous je veux fermer les yeux.

X.

L'Amour est pur.

QUi de l'Amour divin connoît la pureté
   Evite le péché, fuit la moindre souillure,
     Ne cherche que la vérité,
Tout ce qui n'est pas Dieu lui paroit imposture.
Regarde en ce miroir la pure charité,
     C'en est la fidelle peinture :
     La moindre tache en ternit la beauté.

     Un soufle empêche que l'image
     Ne s'y voie parfaitement:
Lorsque du pur Amour on fait un saint usage,
On voit tous les objets tels qu'ils sont seurement.

  On ne voit rien en Dieu qui ne soit Dieu lui-
        même;
On cesse de se voir, par un bonheur extrême :
     Tout disparoit, il ne reste que Dieu,
      Dieu par tout, Dieu tout, en tout lieu.

     Qui le voit toûjours de la sorte
     N'a plus d'yeux que ceux de la foi:
Son Amour est tout pur, son Espérance est forte ;
     Alors sa Charité le porte
     Dans le sein de son Roi.

XI. Dans

Amor purus

In unitate perfectio.

X I.

Dans l'Unité se trouve le parfait.

L'Amour sacré ne soufre aucun partage,
Il est simple; il est Vérité;
Lui seul a l'avantage
De tout reduire à l'unité.

En Dieu toutes choses sont unes,
Il n'est rien hors de lui que la division,
Que troubles, qu'infortunes;
Le calme & le bonheur ne font qu'en l'Union.

Jesus la demanda pour les siens à son Pere;
C'est ce calme divin qu'il donne à ses amis.
Admirable Unité, l'Unique necessaire!
C'est toi qui rends en Dieu tous les cœurs afermis;
C'est toi qui rends douces les peines,
Qui rends légers les plus rudes travaux:
Tu romps de tes captifs les chaines,
Et tu leur fais trouver du plaisir dans leurs maux.

X I I.

L'Amour a ses divins combats.

QU'eſt-ce qui paroit à mes yeux ?
S'agit-il de la terre, ou s'agit-il des cieux ?
    Qui remportera la victoire ?
    Le vainqueur aura-t'il la gloire ?
Je ne ſai que penſer de ce nouveau combat,
Quel eſt le Capitaine, & quel eſt le ſoldat ?

  Si je pouvois entrer dans ce duel célébre,
Je mettrois mon bonheur dans ma captivité.
Ce divin Conquérant n'a-t'il pas mérité
    Qu'en tous lieux ſa gloire on célébre ?
    Mais ſi je demeure vainqueur,
Il devient mon captif & je gagne ſon cœur ;
En perdant contre lui, je gagne la victoire :
Ou vainqueur, ou vaincu, il a toute la gloire.

XIII. L'A•

Pia Amoris Lucta.

Sit in Amore reciprocatio.

XIII.

L'Amour aime le reciproque.

QU'aperçois-je ? L'Amour, qui bleſſe ſon Amante,
Et qui ſe laiſſe auſſi bleſſer d'elle à ſon tour !
Le cœur percé de traits & la face riante,
Elle paroit contente,
Et prend de nouveaux traits pour porter à l'Amour.

Si ces coups ſont mortels
Que la mort eſt aimable !
Et s'ils ne ſont pas tels,
Qu'il ſeroit déſirable
De recevoir des coups
Si charmants & ſi doux !

Amour, fai-moi ſouvent de pareilles bleſſures :
Les coups qui partent de ta main,
Malgré mes peines les plus dures,
Sont pour mon cœur un baume ſouverain.

X I V.

La vertu n'eſt que de l'Amour la marque.

DE toutes les vertus l'Amour en eſt la ſource,
    Il les fait naître dans nos cœurs
Ainſi que le Soleil fait naitre mille fleurs
    Dans ſa brillante courſe.

   Le feu du ſaint Amour par ſa douce chaleur
Produit en nous la force & la prudence,
    La juſtice & la temperance,
    La chaſteté, l'humble douceur :

    La charité, qui les vertus couronne,
    En eſt auſſi le fondement :
Si tu les veux avoir, aime ſincérement,
    Puiſque c'eſt l'A m o u r qui les donne.

XV. C'eſt

Virtus Character Amoris.

Consensio voluntatum.

X V.

C'eſt de deux volontés le concours unanime.

Que nous aurions de force & de puiſſance
Si loin de partager ſans ſuccès nos déſirs,
    Une ſincere obéïſſance
    Faiſoit nos innocens plaiſirs !

    Quand on vit ſous la dépendance
    De la ſuprême volonté,
    On trouve une promte aſſiſtance
    Dans le ſoin que prend ſa Bonté.

Le fardeau plus peſant devient charge légére
    Aſſuré d'un pareil ſecours ;
        Loin de trainer ſes jours
        Dans la triſte miſére,
    On trouve même au milieu des tourmens
        De doux contentemens.

    L'Amour parfait ne compte pas pour peine
        Ce qu'il fait pour ſon Roi ;
    Et ſa volonté ſouveraine
        En tout tems eſt ſa loi :
    Rien ne le fatigue ou le géne,
Tout céde à cet Amour, & tout céde à ſa Foi.

XVI. C'eſt

XVI.

C'est en haut qu'il regarde.

L'Amour parfait ainſi que cette fleur
Se tourne inceſſamment vers la Beauté ſuprême :
    Sans que jamais il ſe voie ſoi-même,
Il ne voit que Dieu seul qui poſſéde ſon cœur.

Cette fleur du Soleil ſans ceſſe ſuit le cours,
    De même cette ame docile
    Le vouloir divin ſuit toûjours ;
    Il eſt ſa force & ſon aſile :

Jamais on ne la voit vers nul autre côté
    Se tourner, arrêter la vue :
    Cette ame eſt tous les jours tendue
    Vers la céleſte vérité.

Dieu seul fait ſon plaiſir, Dieu seul fait la
      richeſſe,
Tout ce qui n'eſt pas lui ne la ſauroit toucher :
    Je voi bien que ſans trop chercher
    Elle a trouvé la ſolide Sageſſe.

Superna respicit.

XVII.

I. Smit fec.

Crescit in immensum.

XVII.

Il s'acroit sans mesure.

L'Orsque le cœur comme une glace pure
Reçoit l'impreſſion de ce divin Soleil,
  Son feu croît sans mesure;
  Et ce feu sans pareil
 Eſt plein d'une douceur charmante
Qui brûle en paix sans cauſer de douleur:
  L'ame eſt gaie & contente
Bien qu'au milieu de ſa plus grande ardeur.

Divin Amour, ô que ta douce flame,
  Conſume ainſi mon ame!
  N'épargne point mon cœur:
  Reduis le tout en cendre,
  Eſt-il rien de plus tendre
  Que ta ſainte rigueur?

Tu viens me nettoier de ce qui t'eſt contraire,
 Tu m'embellis, tu me combles de paix,
Tu me mets en état de pouvoir deſormais
  Parfaitement te plaire:
O bonheur infini de l'Amour ſouverain!
Fai donc que dans mon cœur tes feux croiſſent ſans
  fin.

XVIII.

Préférable à l'amour & de pére & de mére.

Qui ne quite pour moi
Ce qu'il a de plus cher, & même Pere & Mere,
Jamais ne me peut plaire,
Ni me donner des preuves de fa foi,
Mais celui qui pour mon Amour
Toute chofe abandonne,
Mérite la couronne,
De l'éternel féjour.

Si je tiens encore à la terre,
Amis, biens & Parens, helas, ce triple nœud
M'acable de mifere
Et me rend indigne de Dieu.
Mais fi je laiffe toute chofe
Pour fuivre mon Jesus & mourir fur la Croix,
Qu'il foit & la fin & la caufe
De ce fi jufte choix,
Il couronne fes dons couronnant nos mérites
D'un bonheur fi parfait qu'il n'a point de limites.

XIX. L'A-

XVIII.

J. Bair. fecit.

Pietate in parentes potior.

XIX.

Amor vinculum perfectionis.

XIX.

L'Amour est le lien de la perfection.

QUe ces nœuds font charmans & qu'ils font pré-
cieux !
Qu'ils font dignes d'envie !
Par eux l'ame fe voit unie
Au Seigneur Souverain de la terre & des cieux.

Sacré nœud, dont l'Amour s'unit à fon Amante,
Par un excès de charité !
Il la rend dans le tems déja participante
Du bonheur de l'Eternité.

Que cette chaine eft belle
Puifqu'elle eft éternelle !
Laiffons nous donc lier de ces charmans liens,
Puifqu'ils font immuables,
Puifqu'ils font tout-divins.

Ils font tout-défirables
Ces nœuds facrés & doux
De mon Divin Epoux.
O qu'ils font préférables
A tout ce que le monde a de biens & d'apas !
Que je les trouve aimables !
Le rigoureux trépas
Ne diffout, ne rompt pas
Ces nœuds bien que fi tendres,
Puifque le feu facré brûle encor fous nos cendres.

X X.

Il est vainqueur de la nature.

JE ne crains la nature
    Quelque mal que j'endure,
Puisque l'Amour sacré veut être mon apui :
        Seurement avec lui
        J'emporte la victoire ;
Mais s'il en a lui seul toute la gloire,
        Il couronne ma foi,
        Et partage avec moi
        Le fruit de ses conquêtes ;
        Nous faisons mille fêtes,
        Et ce charmant vainqueur,
Pour prix de tant de biens ne veut que notre cœur.

Prenez le, cher Amour, ô prenez-le vous-même,
        Commandez qu'il vous aime.
    Quoi ! faut-il un commandement
    Pour aimer ce Vainqueur charmant ?

    Ah, que le malheur est extrême
    De ne vous point aimer ! Helas !
    Peut-on bien vivre, & n'être pas
    Tout transporté hors de soi même,
    Voiant qu'un Vainqueur si charmant
Nous donne de l'aimer l'exprès commandement ?

XX.

Naturam vincit.

Amalè tuetur.

XXI.

Il nous garde de mal.

NOn, non, je ne crains plus ni les vents, ni l'o-
rage,
Protégé de l'Amour divin
Je me fens un nouveau courage :
Ah , que pourrois-je craindre ? il me tient par la
main.
Il me fert de rempart : je vis en affurance
Entouré d'ennemis puiffans ;
Avec une telle affiftance
Au milieu du danger je voi calmer mes fens.

J'entens gronder les flots : je vois tomber la fou-
dre ;
Je vois à mes cotés tout fe reduire en poudre :
Qu'ai-je à craindre pour moi ?
Je demeure en repos fous l'ombre de fon aile,
Son Amour me remplit & de force & de zele.
Pour tant de foins il ne veut que ma foi ;
A lui je m'abandonne :
Sans plus penfer à moi, tout ce moi je lui donne.

XXII.

Il enfemence & rend l'Efprit fecond.

O Pure & fainte Charité,
   'Tu jettes la bonne femence
Qui par la divine efpérance
Porte fon fruit jufqu'en l'Eternité !

   Heureux qui feme dans les larmes !
Que fes travaux font prétieux !
Puifque pour de foibles alarmes,
Il fe verra couronné dans les cieux.

   Ici l'on feme avec douleur,
On recueille là dans la joie
Le centuple de fon labeur;
Et le Divin Amour octroie
   A tous ceux qui font fiens
   Mille honneurs, mille biens
   Pour des peines legéres,
   Pour un peu de miféres
   Un affuré bonheur.
   Qu'heureux donc eft le cœur
   Que l'Amour pur enflame !
   Cette noble & belle ame
   En tout tems, en tout lieu
   Ne vit plus qu'en fon Dieu.

   O quelle eft l'abondance
   Que du ciel la femence
   Lui produit en fon fein !
   L'Amour pur & divin
   L'arrofe & la fait croitre;
Même déja dans ce mortel féjour
   On voit par tout paroître
   Les fruits du faint Amour.

In Spiritu seminat.

XXIII.

J. Smit fec.

Gravata respuit.

XXIII.

Il dédaigne les cœurs qui sont apésantis.

AH, n'écoutons jamais ce que la chair inspire !
  N'écoutons que JESUS qui parle à notre cœur :
      Heureux qui vit sous son empire !
Les plaisirs d'ici bas n'ont rien que de trompeur :
      Qui les suit, suit un séducteur.

  La grace de JESUS en donne de solides ;
      Les vertus nous servent de guides ;
      Amour divin, quand tu conduis nos pas
          L'on ne s'égare pas.

  Qu'on trouve en te suivant d'innocentes délices,
Et qu'en suivant la chair on trouve de suplices !
Feu sacré, brûle moi par ta céleste ardeur,
Purifie en brûlant les taches de mon cœur ;
      Qu'il ne reste aucune souillure,
Que je porte en ton sein une ame toute pure.

XXIV. *Il*

XXIV.

Il rend très-liberal.

QU'il est doux de donner quand on reçoit sans
cesse !
Plus je donne, & plus on me presse
De recevoir des dons nouveaux.
Que vos richesses sont immenses,
Amour divin, puisqu'à des dons si beaux
Vous y joignez même des recompenses !

Vous paiez de vos dons, Seigneur, les interêts,
Vous couronnez vos biens couronnant mon mérite :
Si je vous sers, si je vous plais,
Si de mes devoirs je m'aquite,
N'est-ce pas de vous seul que je tiens vos bienfaits ?

Cependant, ô Bonté suprême,
Comme si c'étoit à moi-même
Que vous dûssiez quelque retour ;
Vous me comblez d'une faveur immense ;
Je suis hors de moi quand je pense
Au grand excès de votre Amour.

XXV. L'In-

I. Smit fcit

Facit munificum.

Amoris umbra invidia.

X X V.

L'Envie est l'ombre de l'Amour.

JE vous aime, ô mon Dieu, cent fois plus que ma
       vie,
    Et je veux toûjours vous aimer:
Je voi fondre fur moi tous les traits de l'envie,
Mais votre douce main les fait bien defarmer,

   Quand votre feu divin s'empara de mon cœur,
Quand je fentis brûler fa favoureufe flame,
     Qui confume mon ame,
J'aperçûs auffitôt la jaloufe fureur
   Me fuivre ainfi que l'ombre fuit les feux,
   Et par tout je la voi paroître:
   Elle fe fait foudain connoître
   Et en tout tems, & en tous lieux.

  Sitôt que l'Amour pur veut nous fervir de guide,
  Dès le moment qu'il commande chez nous,
    La jaloufe homicide
    Nous fait fentir fes coups.

  Mais que'que mal que fa fureur me faffe,
    Mon J E S U S, votre grace
    Sera mon feur foutien,
    Je n'aprehende rien:
Vous étes mon apui, vos feux font mes délices,
   Ah, peut-on acheter ce bien
   Par trop de facrifices?

XXVI. *Rien*

XXVI.

Rien ne pefe à celui qui aime.

QUand on aime fon Dieu d'un amour véritable,
Les plus rudes travaux nous paroiffent légers.
Que le joug du Seigneur eft un joug déleétable !
Pour lui plaire on ne craint ni tourmens ni dangers.

L'Amour parfait ne peut craindre la peine;
Qui la craint, aime foiblement:
Qui craint le joug, qui redoute la chaine,
N'eft pas un véritable Amant.
Soufrir pour ce qu'on aime
Eft un plaifir charmant
Quand l'Amour eft extrême.

Amour, Amour ta divine rigueur
N'a rien que de bon, que d'aimable:
Qu'il eft vrai qu'un bon cœur
La trouve préférable
A toute autre douceur !

Travaux doux & plaifans !
Délicieufe charge
Mettant mon aine au large,
Que tu plais à mon cœur quoique contraire au fens !
Ah, fai que mon martire
Ne finiffe jamais, Amour, que je n'expire !

XXVII. Le

J. Smit. fc.

Nihil amanti grave.

1.

XXVII.

Ab uno . amore multa bona.

XXVII.

Le feul Amour eft fource de tous biens.

DAns l'union d'Amour on trouve tous les biens,
 Elle communique la vie:
   C'eft dans fes doux liens
   Où l'ame eft affervie,
   Que ces heureux Amans
  Goutent mille contentemens.

 De toutes les vertus l'Amour pur les couronne;
  Loin d'être chargés de ce poids,
Ils fe trouvent chargés des faveurs qu'il leur donne
  Et foulagés tout à la fois.
   O divin affemblage,
   O Bonheur fans pareil!
   Cher & doux efclavage,
   Agréable apareil!

 Quoiqu'il paroiffe ici des croix & des foufrances,
Tout eft rempli de paix, de plaifirs innocens:
Ne nous arrétons pas aux feules aparences,
  Mais pénetrons jufqu'au dedans.
  Voiez, que cette ame eft contente!
  On aperçoit aifément dans fes yeux
   Que toute fon atente
   Eft déja dans les cieux;
  Qu'elle ne voit que de vraies délices
Dans ce que les mondains apellent des fuplices.

 Amour, Amour, donne moi ces faveurs,
Je préfére la croix à toutes les douceurs.

XXVIII.

Les coups de l'Amour font bien doux.

AMour, que dois-je faire ?
   Je vous vois en colere :
Ah, que je crains, Amour, votre courroux.
C'eft lui que j'apréhende, helas, non pas vos coups.
   Vos froideurs, vos longues abfences
Ont plus de dureté que toutes vos vengeances.

  Frapez, déchirez moi, mais ne vous fâchez pas:
J'aime mon chatiment, je cheris mon fuplice;
J'adore vos rigueurs, & trouve mille apas
    Même en votre juftice,
    Je la fuis pas à pas.

   Toûjours pour vous contre moi-même
Je feconde vos coups de mon amour extrême,
    Et les trouve charmans:
Ne m'épargnez donc pas, mon adorable Pére,
Faites tomber fur moi les plus rudes tourmens:
    Si vous n'étes pas en colére,
    J'en ferai mes contentemens:

Mais fi vous vous fâchez, je ne faurois plus vivre:
    Affemblez plutôt tous vos feux,
    Rendez moi le plus malheureux,
    Mais permettez moi de vous fuivre.

XXIX. *La*

XXVIII.

Amoris ſuavium dulce.

Una in sede merantur Pax & amor.

XXIX.

La Paix & l'Amour vont ensemble.

LE calme & la tranquilité
Acompagnent toûjours l'Amour pur & sincere;
La douce paix est néceffaire
Pour difcerner en nous la fainte Charité:
Le trouble, le chagrin jamais ne l'acompagne
Dans la ville ou dans la campagne:
Dans les plaifirs ou bien dans la douleur
L'égalité fait fon bonheur:
La paix la fuit, la paix fait fes délices
Au milieu même des fuplices.

Vous l'aviez bien promis, ô mon divin Epoux,
Cette paix qui ne peut procéder que de vous;
Cette paix qui tout bien furpaffe,
Que produit en nous votre grace,
Que le monde ne peut donner,
Paix que même il ignore:
O mon grand Dieu, que j'aime & que j'adore,
Je veux de tout mon cœur à vous m'abandonner.

Que votre paix foit ma richeffe,
Mon azile & ma fortereffe:
Elle poffède un cœur quand vous le rempliffez.
ELLE EST; VOUS ÊTES:
Taifons-nous, c'eft affez.
Goute la paix, mon cœur; langues foiez muëttes;
Et ne parlons jamais
De cette heureufe Paix!

XXX.

L'Espoir nourrit une Ame amante.

l'ESpérance sert d'ali-
ment
Au véritable Amant
Dans les travaux que l'on
endure :
La Charité pure,
La sincere Foi
Sont la sainte loi
Qui régle la vie.
L'ame en Dieu ravie
Ne trouve plus rien
Que l'unique Bien.
Lui seul la contente
Et fait son plaisir
Une paix touchante
Comble son désir.

Heureuse Espérance
Que rien ne déçoit !
Puisque par avance
Ici l'on reçoit
Dans la ferme atente
Du bonheur promis
Une ame constante,
Un esprit soumis,
Un amour fervent,
Une foi non feinte,

Un contentement
Pur & sans ateinte.

Avec grand courage
Ce cœur généreux
Voit fondre l'orage :
Les flots écumeux
Font voir le naufrage
Peint devant les yeux.
Le cœur inflexible
N'en est point touché :
Il n'est plus sensible,
Son œil est bouché
Pour toute autre chose
Que pour son Seigneur :
L'ame se repose
Dans son sacré cœur.

Admirable Amante,
Que tu vis contente
Malgré les dangers !
Tes maux sont légers,
Ton bien est immense,
Ton cœur sans souci.
Qui fait tout ceci ?
C'est ton Espérance.

XXXI. L'A-

Animæ spes optima nutrix.

XXXI.

Edit moras.

XXXI.

L'Amour hait les lenteurs.

l'AMour divin hait toute nonchalance,
  Sitôt qu'il s'empare d'un cœur
  Il donne une sainte vigueur
  Opofée à la négligence.

Sitôt qu'on aime bien, on devient diligent,
  L'Amour rend toûjours l'ame alerte;
  On veille, on prie, on eft fervent,
Ce qui n'eft pas pour Dieu nous paroit une perte:
On ne fe plaint jamais quoi qu'il faille foufrir,
On fe croit trop paié des plus rudes foufrances,
  Quand même il en faudroit mourir;
L'Amour renferme en foi toutes les recompenfes.

  Que l'Amour pur eft diferent
  De la lenteur de l'indolence!
L'Amant fidéle avance avec empreffement
  Où le conduit la Providence:
Toûjours prêt à partir, toûjours content de tout,
  Quoi qu'il arrive; & quoi qu'il entreprenne,
  Il en vient feurement à bout,
  Aidé d'une Main fouveraine

  Lorfque JESUS conduit nos pas,
Qui ne courroit, qui ne voleroit pas?
  On ne craint point les précipices;
De fon travail, on en fait fes délices;
  Enfin, l'on court inceffamment,
Puis le repos dure éternellement.

XXXII. L'A-

XXXII.

L'Amour redreffe toutes chofes.

QUelques defauts qu'ait eu notre conduite,
Ql'Amour fait tout redreffer & regler:
    Jamais rien ne peut égaler,
Le bien d'une ame pure & par l'Amour inftruite.

Le menfonge & l'erreur n'acompagnent jamais
    Un cœur que la Charité guide ;
        La droiture & la paix,
        l'Humilité folide,
Empêchent les détours, fruits de la vanité ;
        La candeur, la fincerité,
    La bonne foi, la joie & l'innocence,
        Sont la faine fcience
Que l'Amour pur enfeigne à fes Amans:
,, Si vous n'êtes, dit-il, ainfi que des Enfans,
        ,, Vous ne fauriez me plaire:
,, Ils favent me loüer, m'aimer, me fatisfaire,
        ,, Je me plais dans leur cœur,
        ,, Et je fais leur bonheur.

        ,, Ce n'eft point aux Sages du monde
        ,, Que je revéle mes fecrets:
,, C'eft des petits Enfans l'humilité profonde
        ,, Qui pénétre mes faints décrets.

        Que la petiteffe eft aimable!
        Qu'elle a de douceurs & d'atraits!
        Que la fineffe eft haïffable!
On ne voit que détours, labirintes, filets.
Celui qui trompe mieux, paffe pour le plus fage;
Qui fait fur fon prochain prendre plus d'avantage
Paffe pour être adroit, plein d'efprit, très-heureux.
Qui font les plus contens, ou des enfans, ou d'eux?

L. Smit

XXXII.

Amor omnia rectificat.

XXXIII.

Sternit iter Deo.

XXXIII.

Il prepare la voie à Dieu.

JEsus est le chemin, la Vérité, la Vie;
Qui le suit a trouvé le sentier, & le lieu
Qui malgré les Démons & leur mortelle envie,
Nous mene seurement & nous conduit à Dieu.

Celui qui suit JESUS marche dans sa lumiere,
Il lui sert de flambeau dans la plus noire nuit,
Il fait même à son cœur toute la grace entiere
Puisqu'en le conduisant il l'assure & l'instruit.

Quoique ce beau sentier paroisse plein d'épines
Il est pourtant facile, & tout rempli de fleurs:
Qu'il est doux de marcher dans les routes divines!
Notre cœur, notre esprit, sont des guides trompeurs.

O mon JESUS, sans vous je ne saurois vous suivre;
Donnez moi donc la main & conduisez mes pas:
Votre divine main des piéges nous délivre:
Avec un tel apui je ne tremblerai pas.

Je ne crains, vous suivant, abimes, précipices:
Je voudrois vous marquer l'excès de mon Amour,
En endurant pour vous les plus afreux suplices
Je perdrois sans chagrin la lumiere du jour.

X X X I V.

Tout doit rentrer dans sa premiere source.

QUe votre liberalité,
    Amour, est magnifique & grande ;
  Sa noble & belle qualité
Est de vouloir qu'on vous demande !
Mais lorsque vous donnez , vous voulez un retour :
  Permettez moi ce mot, divin Amour,
C'est qu'un peu d'interêt, ce semble, vous anime ;
Vous donnez les vertus, vous en voulez les fruits :
Mais vous pourroit-on bien les refuser sans crime,
Puis que par votre Amour vous les avez produits ?

  La vertu sans l'Amour est un arbre stérile ;
    L'Amour rend tout fertile :
  Tout feu qu'il est, il difére en ce point
   De celui qu'on voit dans le monde,
  Dont la chaleur bien loin d'être féconde
Détruit, consume tout, & ne reproduit point.
    Le feu sacré dans notre cœur
     Donne naissance
     A la bonne semence,
La fait croitre & meurir par sa céleste ardeur.

   O feu divin, qui produis toute chose,
  Foi, qui donnes à tout une juste valeur,
Tu n'es pas moins la fin que l'admirable cause
    De l'éternel bonheur.
     Quelle espérance,
     Quelle abondance,
     Quelle douceur !
     Chastes délices,
     Heureux suplices,
     O saint Amour
  Quel sera l'éternel séjour !

XXXV. il

XXXIV.

G. Smit fec.

Omnia eo unde.

XXXV.

Constans est.

XXXV.

Il est ferme & constant.

AMour, auprès de toi les plus rudes tourmens
    Paſſent pour des contentemens ;
Les tortures, les feux, éprouvent ma conſtance :
    Soutenu de ton bras puiſſant,
      Cette unique aſſiſtance,
Ce bonheur infini de te voir ſi préſent,
M'ôtent le ſentiment des plus afreuſes peines ;
      Les bourreaux armés de leurs gênes
      Ont beaucoup plus que moi d'horreur
      De mon exceſſive douleur.

      Amour, ſource de mes délices,
Ne m'abandonne pas au milieu des ſuplices :
      Si tu m'abandonnois, helas !
      Amour, que ne craindrois-je pas ?
      Soutenu de ta main puiſſante
    Qu'il eſt aiſé que l'ame ſoit conſtante !

  Ah, je ſerois bientôt acablé de fraieur ;
O que je ſerois foible & que j'aurois de peur
Si tu m'abandonnois un moment à moi-même !
Lorſque tu me ſoutiens par ta grace ſuprême,
Je ne me connois plus, je ſuis victorieux
      De ces ennemis furieux :
      Si je ſucombe en aparence,
C'eſt pour faire éclater à leurs yeux ta puiſſance.

XXXVI.

L'Amour édifie & construit.

O Que l'Amour divin est un bon Architecte !
Il bâtit dans nos cœurs un aimable séjour,
Consacré pour l'Amour.
C'est là que l'on le sert, qu'on l'aime & le respecte.

C'est dans le fond du cœur que Dieu fait sa de-
meure,
Il bâtit, il la fonde, il l'orne, il l'embellit,
Il y vient à toute heure,
Il taille, il retranche, il polit.

Il n'épargne ni soin ni peine :
O que l'homme est heureux lorsque d'un œil de foi,
Il contemple en repos la Bonté souveraine,
Qu'il meurt parfaitement pour vivre au divin Roi !
Ranimé par le même il voit jaillir dans soi
L'eau vive, & de couverte à la Samaritaine.
Oui l'homme intérieur
Trouve alors dans son cœur
Cette vive fontaine :
C'est là qu'en vérité
Il adore le Pere ;
Et déja son esprit, mis dans l'Eternité,
Ne tient plus à la terre.

Faites donc, ô mon Dieu, de mon cœur votre
temple :
Alors, malgré tout orage & tout bruit,
J'aurai le calme de la nuit,
Et rien n'empéchera que je ne vous contemple.

XXXVI.

J. Smit fec.

Amor ædificat.

XXXVII.

I. Smit fec.

Iucundum spirat odorem.

XXXVII.

Il répand une odeur charmante.

A Tirez moi, mon Dieu, mon unique espérance,
  Par vos parfums si précieux.
Déja je me sentois tomber en défaillance,
  Mais ce baume délicieux,
Fortifiant mon cœur lu donne le courage
De courir après vous, d'y courir en tous lieux:
Je ne désire point d'avoir autre partage
  Sur la terre ni dans les cieux.

 Retirez vous douceurs, plaisirs, faveurs, caresses;
  O Dieu, c'est vous seul que je veux,
Vous étes tout mon bien, ma force, mes richesses,
  Vous seul pouvez me rendre heureux.

 Je sens que ce parfum est d'une force extrême,
  J'en sai bien discerner l'odeur:
Mais, ô divin Epoux que j'adore & que j'aime,
  Vous seul sufisez à mon cœur.

 Vous quiter un moment pour goûter vos délices
  Et les regarder hors de vous,
  Ce me seroit de rigoureux suplices,
'Tout est amer pour moi, vous seul paroissez doux,
  Vous seul me paroissez aimable,
  Vous seul comblez tous mes désirs.
  Est-il sans vous quelque objet délectable?
En vous sont renfermés les solides plaisirs.

 Puisque vous sufisez, mon Seigneur, à vous-même,
  A qui ne sufiriez vous pas?
Vous mêlez vos bontés à la grandeur suprême:
  Pour qui manqueriez vous d'apas?

XXXVIII.

Avec l'Amour on est en asseurance.

QUe je me ris de votre éfort !
Je n'apréhende point la mort,
Près de mon Bien-aimé je suis en assurance :
Vous ne sauriez me mettre en défiance :
Aprochez, aprochez vos chaines & vos fers,
Je n'ai que du mépris pour vos tourmens divers.

Lorsque l'Amour divin s'empare de nôtre ame,
Et qu'il lui fait sentir sa savoureuse flame,
Qui consume chez nous toute proprieté,
Dégagé de ce MOI l'on vit en liberté,
Les chaines, les prisons, ne sauroient faire craindre :
Le glaive ne peut nous ateindre :

Pourrois-je m'éfraier de l'horreur du trépas ?
La mort a pour mon cœur mille secrets apas :
Elle peut bien m'oter une fragile vie ;
D'un souverain bonheur cette perte est suivie,
Puisque je dois tomber très infailliblement
Entre les bras de mon Amant.
Ah, craint-on de voir ce qu'on aime ?
Quoi qu'il coute, l'Amour extrême
Trouve tout prix trop bas
Pour joüir à jamais de ses divins apas.

Lorsque la Charité de notre cœur s'empare,
La faim, la nudité, rien ne nous en sépare,
La mort, même l'enfer, la persécution,
Ne sauroient empécher cette sainte union.

XXXIX. Il

Amoris securitas.

XXXIX.

I. Smit fec.

Sitim extinguit.

XXXIX.

Il étanche la soif du cœur.

DElices de l'esprit, vous êtes préférables
  Aux faux plaisirs des sens ;
  Ils ne font qu'aparents,
  Vous êtes véritables ;
Vous avez le solide, ils font tous décevans.

Divine verité, que tout le monde ignore,
Vous remplissez mon cœur d'une céleste ardeur :
Source de tous mes biens, cher Epoux que j'adore,
Vos salutaires eaux coulent dedans mon cœur.

Que ce fleuve sacré rejaillisse en mon ame ;
Que ces saillantes eaux de la Divinité
Eteignent pour jamais en moi toute autre flame
Que celle de l'amour de votre Vérité.

Cette eau toute céleste a l'insigne avantage
D'éteindre dans nos cœurs toutes sortes de feux ;
Mais celui de l'Amour en brûle davantage,
L'eau le rend plus ardent, plus pur, plus lumineux.

Donnez moi de cette eau qui conserve la vie ;
Mais que son éfet soit de me causer la mort :
Les liens de ce corps me tenant asservie
M'empêchent de vous joindre & de prendre l'essort.

Mon ame est encor plus que mon corps, prison-
   niere :
Vous pouvez, mon Seigneur, rompre seul ses liens.
Ah, faites retourner mon corps en la poussiere,
Donnez à mon esprit les véritables biens !

XL. *Qui*

X L.

Qui veut aimer n'est plus libre à sa mode.

QUe j'aime votre joug, qu'il est doux & suave,
Que je le craignois vainement !
Je suis libre loin d'être esclave,
Quand je le porte en vous aimant.

Que mon ame est heureuse, étant votre captive !
J'ai trouve là ma liberté.
Faites donc, Amour, que je vive
Dans l'humble dépendance à votre volonté.

Heureux joug qui bien loin de captiver mon ame,
Cause un vaste délicieux,
Que tu t'acordes bien avec la douce flame
Que je garde en mon cœur comme un don précieux !

Le monde qui ne voit que l'aparente charge
Dont à ses yeux je suis comme acablé,
Me croit tres-malheureux : mais mon cœur est au
large ;
Loin d'être esclave il est de délices comblé.

Non, le monde ne comprend guere
Malgré tant de travaux le bonheur du dedans ;
N'estimant que ce qui prospere,
Les honneurs, les plaisirs, ce qui flate les sens.

Les enfans de JESUS ont bien plus de sagesse,
N'estimant rien, ne goûtant que la croix :
Ah, que leur goût a de délicatesse,
De savoir faire un si bon choix !

Je vous céde, mondains, les honneurs, les délices ;
J'aime tous mes travaux, ma chaine, ma prison :
Quand même il me faudroit soufrir tous les suplices,
Je trouverois encor que j'ai grande raison :
Disons sans artifice,
Que qui connoit l'Amour & sa juste valeur,
Et qui sait lui rendre justice,
Aprouvera le panchant de mon cœur.

XLI. *L'Uni-*

I. Smit fec.

Nullus liber erit si quis amare volet.

Micat inter omnes Amor Virtutes.

XLI.

L'Unique Amour brille entre les vertus.

AMour, divin Amour, qui comprens en toi-même
De toutes les vertus l'excellence suprême,
Source de la justice & soutien de la foi,
Tout ce que l'on espére est renfermé chez toi.

Sans toi la penitence est une hipocrisie,
La prudence & la force une pure manie ;
Sans toi, divin Amour, croix, martires, tourmens,
Seroient de vains amusemens.

C'est donc l'Amour sacré qui régle toute chose ;
Il est le but qu'on nous propose,
Il donne à tous les biens le prix & la valeur,
Tout seroit languissant sans sa noble vigueur.
Il fait voler au ciel ce qui rampoit sur terre,
Il aporte en nos cœurs & la paix & la guerre ;
C'est toûjours par ses soins qu'on est victorieux :
Il redresse nos pas, il nous ouvre les yeux.

Qu'on seroit malheureux sans sa douce assistance !
Il est dans nos travaux notre unique espérance,
Dans nos afflictions il est notre recours.
Amour sacré, régle & conduis mes jours
Par l'ordre de ta Providence ;
Je veux vivre & mourir dessous ta dépendance !

XLII.

L'Amour furmonte tout.

QUi peut réfifter à l'Amour ?
Lui qui furmonte tout, dont la force invincible
Malgré forts & remparts, perce, rompt & fait jour,
Ateint ce qui paroit le plus inacceffible.
    Dieu céde à notre forte ardeur,
Il fufpend fon courroux, s'apaife & rend les armes
    Lorfqu'il découvre au fond de notre cœur
    Que l'Amour eft la fource de nos larmes.

    Amour, puiffant Amour & vainqueur fouverain,
Que tes coups font charmans ! que j'aime tes blef-
            fures !
Tire, en tame, détruis, n'épargne pas mon fein,
Fai, fai couler mon fang par cent mille ouvertures.
    Ne laiffe rien qui ne foit tout divin,
Ote l'impureté, nettoie les ordures,
    Bannis ce qui refte d'humain,
Tu veux pour tes enfans des ames toutes pures.

    Tu ne détruis un cœur que pour le rendre fort :
Lorfqu'il n'eft plus à foi, Dieu le meut & l'anime ;
Il vient à bout de tout fans faire aucun éfort :
    Cette figure nous exprime
Comme l'Amour divin conduit l'arc & le bras
    De cette Amante fortunée ;
Vois comme dextrement & fans nul embaras
Elle tire fa fléche à vaincre deftinée :
    Elle perce du premier coup
    Cette épaiffe & forte cuiraffe :
    Non, il n'eft rien dont on ne vienne à bout
    Aidé d'Amour, car fa force furpaffe
    De l'Enfer le plus rude éfort,
    Enfin l'Amour eft plus fort que la mort.

XLIII. *Agi-*

Omnia vincit Amor.

J. Smit fec.

XLIII.

Agitatus fortior.

XLIII.

Agité, il devient plus ferme.

PLus je suis agitée, & plus je sens de force;
  La tempête ne sert qu'à me mieux afermir;
Puisque mon cher Epoux daigne me soutenir,
    Les maux ne touchent que l'écorce.

Plus j'ai d'aflictions, plus j'éprouve au dedans
De paix & de douceur: la Bonté souveraine
    Pour une aparence de peine,
    Me comble de contentemens.

Venez fondre sur moi tous les traits de l'envie,
    Je me ris de vos vains éforts:
      La plus pénible vie
      Et les plus dures morts,
Sont de biens infinis une source infinie,
    Et par l'orage on est conduit au port,
      Ah, qu'une ame alors est ravie!
      Qu'alors elle benit son sort!

        Dieu paie avec usure
      Une courte douleur,
      Se donnant sans mesure
A qui pour lui méprise un court & vain bonheur.

Saintes douceurs du ciel, agréables idées,
Vous remplissez le cœur qui vous veut recevoir;
De vos atraits puissans les ames possedées
    Ne se laissent point émouvoir.
Ni les plaisirs des sens, ni les frivoles craintes,
    Ne peuvent ébranler leur cœur;
Ce noble souvenir dont elles sont empreintes
Faisant leur fermeté fait aussi leur bonheur.

XLIV.

Le veritable Amour ne fait point de mesure.

l'Amour divin doit être sans mesure ;
On ne manque jamais
Dans ses divins excès :
Plus il est violent, & plus sa force dure.

Lors que l'on aime bien, on ne veut plus de régle,
La simple Charité
Jointe à la Vérité
Prend l'essor comme une aigle,
Laissant tout ce qui n'est pas Dieu,
On ne veut rien de tout ce qui fait un milieu.

Ah, lorsque l'Amour est extrême,
L'on meurt à tout aussi bien qu'à soi-même,
Et l'on trouve la vie en cette heureuse mort.
Ah, mourons toûjours de la sorte !
Plus notre Charité sera sincere & forte,
Et plus prompt sera son éfort.

Amour, en brisant tout, romp le fil de ma vie ;
Qu'heureux sera mon sort,
Lorsque par son atrait l'Amour puissant & fort
Me l'aura sans pitié ravie.

Amour, Amour plus rien de limité,
Abîme moi dedans ta Charité.

XLV. *Les*

Verus Amor nullum novit habere modum.

Crescit spirantibus auris.

X L V.

Les vents font qu'il s'accroit.

PLus je fuis acablé d'ennuis & de traverfes,
 Plus je fens dans mon cœur croitre les facrés feux :
Tant d'horribles tourmens, tant de peines diverfes,
Bien loin de m'afliger, comblent enfin mes vœux.

Que ton foufle divin, Efprit tout adorable,
Qui paroit au dehors agiter notre cœur,
Nous caufe par dedans un calme délectable !
Cette agitation augmente notre ardeur.

S'il eft vrai qu'en l'Amour fi charmante eft la peine,
Quels feront dans les cieux ces torrens de plaifirs,
Dont la main de l'Amour puiffante & fouveraine
Par de divins excès doit remplir nos défirs !

Amour, divin Amour, qu'en fecret je reclame,
Que tes feux me font chers ! j'adore tes rigueurs.
Ah, fi je pouvois voir un jour ta fainte flame
En m'anéantiffant brûler les autres cœurs !

Croiffez, brûlez fans fin, fans jamais vous éteindre :
Augmenter vos tourmens, c'eft croitre vos bienfaits.
L'apreté de vos feux ne fauroit faire craindre ;
Plus on eft confumé, plus on trouve de paix.

O feu qui détruis tout, détruis enfin ma vie,
Unis moi, je te prie, à mon fouverain Bien !
Mais je ne puis avoir ce fort digne d'envie,
Que je ne fois par toi reduit à n'être rien.

X L V I.
L'Amour dédaigne tout le reste.

LOrfque Dieu fe découvre au cœur,
On n'a que du mépris pour les grandeurs du monde ;
Les honneurs, les plaifirs nous caufent de l'horreur,
On goute en quitant tout une paix fi profonde,
Qu'on ne croiroit jamais que les privations
　　　Faffent le vrai bonheur d'une ame :
C'eft pourtant au milieu des contradictions,
Qu'elle fe fent bruler de la divine flame.

　　　Oui l'amour de la pauvreté
　　　Aporte avec que la fageffe
　　　La parfaite tranquilité,
　　　Et la véritable richeffe.
Heureux celui qui ne poffède rien,
Dont le cœur dégagé ne veut & ne défire
　　　Que le fouverain Bien !
　　　Car jamais il n'afpire
　　　Qu'après l'éternité.
Tout ce qu'on eftime fur terre,
　　　Eft pure vanité :
Le trouble n'eft qu'un éffet néceffaire
　　　De la cupidité.

　　　Le pauvre d'efprit ne peut craindre
　　　La perte de ce qu'il n'a pas.
Que lui peut-on oter ; & quel mal peut l'ateindre ?
Le foin de fes trefors n'eft point fon embaras.
　　　Son unique foin eft de plaire
　　　A fon Seigneur, qu'il aime purement :
Il ne peut rien penfer que pour le fatisfaire,
Et fait fon feul plaifir de fon contentement.

Qui ne quite pas tout, dit J E S U S, pour me fuivre,
　　　Eft indigne de moi :
　　　Il eft bien éloigné de vivre
　　　Refufant de mourir à foi.
L'homme vit & fe plait dans tout ce qu'il poffède ;
　　　Il vit en moi par la privation :
　　　Dans tous fes défirs il excéde ;
Ils feront tous comblés par ma poffeffion.

XLVII. Ce

XLVI

Omnia Spernit.

J. Smit fec.

Nec vidisse sat est.

XLVII.

Ce n'est pas assez que de voir.

QUi peut se calmer de vous voir,
    Cher Epoux de mon ame?
En vous seul j'ai mis mon espoir,
Je brûle avec plaisir de votre sainte flame.
Quel bonheur d'être un jour tout pénetré de vous!
    Je vous aime, je vous contemple:
    Mon Dieu, que ces momens sont doux,
    Et que ma joïe est sans exemple!

    Plus je vous voi, plus je sens m'enflamer,
Votre regard divin, en me brûlant me calme:
    J'aime sans fin, sans fin je veux aimer,
Par ma fidélité j'emporterai la palme.

    Que dis-je? ah mon transport m'ôte le jugement,
Et j'oubliois déja quelle étoit ma foiblesse!
    Seigneur, soutenez ma bassesse,
    Vous seul pouvez faire aimer constamment.

    C'est sur vous seul aussi, cher Epoux, que je fonde
    L'espoir de vous garder ma foi;
    Je connois bien ma misere profonde,
    Ainsi je n'attens rien de moi.

    Il est vrai que l'Amour me donne un peu d'audace,
    Je sens un courage nouveau:
    Mais je compte sur votre grace,
Et votre verité sera mon seul flambeau.

XLVIII. *An*

XLVIII.

Au cœur touché d'Amour tout peut servir de voie.

LOrfque l'on fuit l'Amour nul danger ne fait crain-
   dre,
  On fe fait paffage par tout;
Lorfqu'on voit tout perdu, qu'on eft le plus à plain-
   dre,
Des plus afreux fentiers l'ame trouve le bout.

 Cette Amante fans peur fait traverfer la preffe
  Des flots grondants de la mer en courroux,
   Sans vaiffeau, fans mats : fon adreffe
Vient de fon abandon au foin de fon Epoux.

 Ces terribles écueils ne lui font point de peine,
  Elle dédaigne de les voir :
Ce qui fait fon repos c'eft qu'elle eft très-certaine
  De fa bonté, de fon pouvoir :

 Moins nous penfons à nous, & plus fa providence
  Nous acompagne pas à pas :
   Augmentons notre confiance,
   Son foin ne nous manquera pas.

XLIX. *L'A-*

J. Smit fec.

Invia. Amanti nulla est via.

XLIX.

J. Smit sec.

Animæ fat est Amor.

XLIX.

L'Amour est un vrai sel à l'Ame.

LE sel est de tout tems simbole de Sagesse;
   La charité sale nos actions,
     Donnant à nos afections
Et l'incorruption, & la délicatesse.

  La Sagesse & l'Amour s'acordent bien ensemble,
Celle-ci le conduit droit au Bien souverain,
    Et détourne le cœur humain
De ces apas trompeurs que l'univers rassemble.

L'Amour, comme un feu pur, monte droit à sa
       sphere,
    Il ne trouve rien ici bas
    Où l'on puisse tourner ses pas,
Tout est empoisonné: s'il veut se satisfaire
     Il rencontre la mort,
     Mais s'il prend son essort
   Il outrepasse toute chose,
Il ne s'arrête à rien, il va jusqu'à son Dieu,
     Cet admirable feu
    Remontant à sa cause,
  Trouve dans lui sans nuls defauts
Sa pureté, sa force & son repos.

  La Sagesse est un sel, dont la force est extrême,
    Sans lui tout est insipide & rampant:
Qui n'a le sel d'Amour s'il veut dire qu'il aime,
   Son dire est fade, & ce n'est que du vent.
    Trompé par sa propre raison,
L'amer lui paroit doux, & la douceur poison.

  La Sagesse & l'Amour font le sel de notre ame,
    Ils la rendent d'un goût exquis.
    Et tous les biens nous font aquis
Si nous savons user de la divine flame.

L.

Il chasse toute crainte.

l'Amour parfait banit toute forte de crainte :
    Il infpire des fentimens
    A fes véritables Amants
Où la peur ne fauroit donner aucune ateinte.

Il eft feur que la peur naît de la défiance ;
    Lors que l'on eft rempli de foi
      On ne craint rien pour foi ;
L'Amour pur eft fuivi de foi, de confiance.

L'Amour eft élevé, donne le vrai courage,
    Et répand des faveurs
    Richement aux grands cœurs,
    La force eft leur partage.

Son cœur eft généreux ; fon ame, une ame grande,
    Point de timidité,
    La liberalité
    Eft ce qu'il recommande.

Amour, divin Amour, donne moi la largeffe ;
    Puifqu'un cœur étendu
    S'eft de tout tems rendu
Ennemi de toute (a) pareffe.

(a) Peut-être baffeffe.

LI. Dans

Odit timorem.

LI.

J. Smit fec:

Animæ felicitas.

L I.

Dans lui toute felicité.

QUe de contentemens ! que cette ame eft heureufe ?
De méprifer tout ce qui n'eft pas Dieu !
Que de félicités elle goûte en ce lieu !
Que fa vie eft délicieufe !
En quitant tout on s'unit fans milieu
A cet Epoux fi cher dont l'ame eft amoureufe.

Elle n'a plus de foin que celui de lui plaire,
Foulant aux pieds & le monde & la chair:
Pour le mieux aprocher,
Et pour le fatisfaire,
Elle fe vient cacher
Dans ce lieu folitaire.

Là féparée enfin de tout ce qu'on admire,
Elle montre fes feux à fon divin Amant,
Lui décrit fon contentement,
Sa langueur, & fon doux martire;
Qu'elle eft à lui qu'elle aime uniquement,
Que pour lui fon cœur vit, qu'il fe meut, & refpire.

L'Epoux charmé de fes vœux, de fes larmes
L'embraffe, & ne la quite plus;
La remplit de mille vertus,
Augmente fon ardeur en lui montrant fes charmes.
Ici tous fouvenirs font rendus fuperflus,
De cet heureux féjour on banit les alarmes.

Oubliant tout on fe laiffe à foi-même,
On s'abandonne à cette noble ardeur:
Dieu poffédant le cœur
On ne peut rien goûter que fon Amour extrême:
On meprife tout autre honneur
Que celui feul du Monarque fuprême;
Et le cœur trouve en lui
Sa force & fon apui,
Lorfque vraîment il aime.
L'Amour, l'efperance & la foi
Seront feuls à jamais ma loi.

LII.

La conscience en est témoin.

QUe c'est une sainte science
D'écouter avec soin ce que Dieu dit au cœur,
Et ne pas négliger de notre conscience
    La sinderése & la douleur.

Elle est en tous les tems un conseiller fidelle,
    Seur, & qui ne trompe jamais :
    Notre ame à soi-même est cruelle
De ne pas écouter ou son trouble ou sa paix.

Lors que je sui sa voix, je me trouve tranquile,
Mon cœur est agité quand je ne la sui pas :
Certains remords profonds, une peine subtile,
Me font assez sentir quand je m'égare, helas.

Tout mon bonheur dépend de l'entendre & la
    suivre ;
    Malheur à qui marche dessus :
    Malgré nous elle fait revivre,
Pour l'étoufer nos soins sont superflus.

    Lorsqu'on la suit, on ne sent plus de charge,
    On vit content dans la sincérité ;
    Et notre ame y trouve le large,
Sur notre front vit la sérénité.

Dieu qui l'a mise en nous, désire qu'on l'écoute ;
    Elle nous dit toûjours la vérité :
    Et ne laisseroit aucun doute,
    Si ce n'étoit notre infidélité.

LIII.

Conscientia testis

Superbiam odit.

L I I I.

Il abhorre l'orgueil.

pOur être à Dieu, l'humilité profonde
  Eſt le plus ſeur moien :
  Dieu veut qu'on ne ſoit rien,
Et la ſuperbe plait & régne dans le monde.

Jesus-Christ le premier a choiſi la baſſeſſe,
  Le mépris fut ſa paſſion,
La pauvreté l'objet de ſon afection,
Ce fut là ſa doctrine & ſa haute ſageſſe.

L'orgueil ſeul lui déplait, le banit de notre ame,
  La ſuperbe lui fait horreur,
  Il ſe plait dans un cœur
Quand il eſt humble & pur, ſa Charité l'enflame.

Il le mene & l'enſeigne, il l'échaufe & l'éclaire,
  Il ne l'abandonne jamais,
  Le comble de mille bienfaits,
Enfin l'humble & petit fait l'aimer & lui plaire.

L I V.

Il a soin d'inculquer ses loix.

Dieu par une bonté qui n'eût jamais d'exemple
 Me vient chercher dans l'erreur & m'instruit,
 M'ouvre les yeux, m'enseigne à petit bruit,
Ordonnant qu'en secret je l'aime & le contemple.

 De sa loi si divine il me montre le livre,
 C'est là l'objet, me dit il, de ta foi:
 Ecoute-la, laisse tout, & sui moi;
Pratique ces conseils, & tu pourras me suivre:
Renonce à tous plaisirs, embrasse la vertu,
Que ton cœur par les maux ne soit pas abatu,
Meurs à toi même afin de pouvoir mieux revivre.

 Ne te lasse jamais d'admirer & de voir
L'excès de mon Amour, & quel est mon pouvoir,
Regarde mes bienfaits, écoute mes paroles,
Banni loin de ton cœur tant de desseins frivoles,
Ne pense qu'à me plaire, & ton cœur généreux
Trouvera que c'est moi qui puis le rendre heureux.

 Privé de tous les biens il aura l'abondance:
Lorsque plus de malheurs acableront tes sens,
Qu'en de rudes travaux tu vois couler tes ans,
Tu gouteras alors ce que peut ma clémence.

 Je calme ton esprit, je sape ta douleur,
J'adoucis tes ennuis, & je charme ton cœur,
Contre tes ennemis je suis seul ta défense:
Rien ne peut échaper à mon extrême Amour,
Ne songe qu'à m'aimer, qu'à me faire la cour;
Et puis, demeure en paix, seur de ma providence.

L.V. Qui

LIV.

Sollicitus est.

Sine Amore mors.

L. V.

Qui n'aime point, il reste dans la mort.

SAns le divin Amour notre cœur ne peut vivre :
　　Froid, languissant & mort,
　　Il ne peut par aucun éfort,
　　S'élever, l'entendre & le suivre,
Si le divin Amour touché de nos misères
Ne vient nous retirer par son bras toutpuissant
　　De l'état foible & languissant
Où nous sommes reduits par nos fautes premieres.

　　Mais sa charité sans pareille
　　Le solicite à nous chercher,
　　De sa fléche il nous vient toucher,
En blessant notre cœur il ouvre notre oreille.

　Venez, ô feu divin, que rien ne peut éteindre,
　　Embrasez, embrasez mon cœur ;
　　Vous seul en étes le vainqueur,
　　Et vous seul le pouvez ateindre.

　Vous pouvez seul le blesser de vos fléches ;
　　Il est, il est à vous,
　　Amour, divin Epoux !
　Ne renfermez jamais ses bréches.

LVI. L'A-

L V I.

L'Amour réünit les semblables.

l'Amour divin nous comble de faveurs :
    Que ses caresses sont aimables !
Mais afin de joüir de ces biens délectables,
    Il nous faut lui donner nos cœurs ;

    Et les donner de telle sorte,
    Qu'on ne s'en reserve plus rien :
    Lors que son Amour nous transporte
Il nous donne son cœur, & rend le notre sien.

    Il paie en un moment nos ennuis, nos traverses,
Il nous porte en son sein, il fait tarir nos pleurs ;
Il nous fait oublier tant de peines diverses,
Par les épanchemens de ses saintes douceurs.

    O mon Epoux divin, que j'aime & que j'adore,
    Soiez mon unique soutien :
Je n'aime rien que vous, & je désire encore
Vous aimer davantage, O mon souverain Bien.

    Que je sois toute à vous, & non pas à moi-même,
    Que je ne vous quitte jamais :
    Le but où tendent mes souhaits
Est de m'unir à vous par un Amour extrême.

LVII. De

I. Smit fec.

Par pari.

Virtutum fons & scaturigo.

J. Smit fec.

LVII.

De toutes les Vertus il est la base & la source.

COulez, divines eaux , par ma bouche en mon
   cœur ;
 Je trouve en vous tout ce que je défire,
Car toutes les vertus pour qui mon cœur foupire,
Se donnent en beuvant cette douce liqueur.
La foi, la Charité, en tout bien fi fécondes
L'efpoir, l'humilité, la force & la douceur,
  Se trouvent dans vos ondes.

 Vous arrétez ma foif, je n'aime rien au monde ;
  Plus je vous bois, plus je me fens brûler :
  Feu tout divin, fource toute féconde,
Je goute en vous des biens dont je ne puis parler :
   Cet excellent breuvage,
   Nous enfeigne un langage,
   Mais connu de bien peu :
   Je fens croitre mon feu
   Plus je me defaltere :
  C'eft un admirable miftere ;
  Ce feu n'a rien de douloureux
   Pour un cœur amoureux.

  Lorfqu'on boit dans cette fontaine,
Les plus rudes tourmens ne caufent point de peine,
Plus on endure & plus on a foif de foufrir :
  L'Amour divin a tant de charmes,
  Qu'on trouve un plaifir dans les larmes ;
Et l'on meurt de regret de ne pouvoir mourir.

L V I I I.

Il vivra sans cesser.

TOut amour qui n'est point l'Amour pur & divin,
　Ne peut durer long tems: s'il captive notre ame,
On le voit afoiblir, changer, s'éteindre enfin,
Il n'en est pas ainsi de la céleste flame;
　Elle dure & s'acroit: & l'immortalité
Est de ce feu sacré l'éminent caractère;
Il brûle dans le tems & dans l'éternité,
De sa douce chaleur il échaufe, il éclaire.

　Il ne détruit jamais en brûlant son sujet,
Il lui sert d'aliment, lui conserve la vie;
Il est son but, sa fin, comme il est son objet,
Et cause un saint plaisir dont notre ame est ravie.

　Ce feu montant toûjours s'éléve dans les cieux,
Rien ne le fait pancher du coté de la terre:
Le cœur qui le posséde, ô tresor précieux!
De ce bien souverain fait son unique afaire:
　Il se voit tout ôter, liberté, biens, honneur,
Il en fait son bonheur, il en fait sa richesse;
Il goute en perdant tout certain plaisir flateur,
Qui lui fait admirer la divine Sagesse.

　Brûle moi, feu divin, n'épargne pas mon cœur,
Brise, broie, détruis, tu ne saurois mieux faire;
Des plus rudes tourmens je ferai mon bonheur,
Je les compte pour rien; Amour, je te veux plaire.

LIX. C'est

LVIII.

Vivet ad extremum.

LIX.

J. Smit fec.

Finis Amoris ut duo unum fiant.

LIX.

C'eſt le but de l'Amour , de deux n'en faire qu'un.

C'Eſt là la fin de toute choſe,
C'eſt le but de tous nos déſirs :
Admirable metamorphoſe !
Comble des innocens plaiſirs !
Unité que le Fils demandoit à ſon Pere
Pour ſes Diſciples bienaimés !
Chaſte lien ! adorable miſtere !
Doux eſpoir des Prédeſtinés !

Qui pourroit eſperer un ſi grand avantage,
Si vous ne nous l'aviez promis ?
C'eſt le ſublime & l'excellent partage
Que vous donnez à vos amis.

Qui pourroit le penſer, encor moins le pretendre ?
Le Tout veut bien s'unir avecque le néant ;
Le Seigneur ſouverain avec un peu de cendre,
Une goûte à ſon Ocean.

Pour nous conduire aux Cieux,
Il en voulut deſcendre :
Abandonnant ſa gloire, il nous rend glorieux
Je me perds, & ne puis comprendre
Seigneur, l'excès de votre Amour.
Permettez moi de vous le dire :
Je ſuis un malheureux, même indigne du jour,
Vous partagez pourtant avec moi votre Empire.

Vous faites encor plus ; vous vous donnez à moi,
Et votre Amour extrême,
Vous fait me changer en vous-même ;
Votre bonté m'étonne & me remplit d'efroi,
Vous oubliez ce que vous étes,
Mais je ne puis oublier qui je ſuis :
Je revere ce que vous faites
Heureux ceux qui vous ſont unis !

L X.

C'est de la Loi la consommation.

QUi pourroit exprimer le bonheur admirable
        Que goute un cœur qu'Amour conduit ici !
Il a trouvé le repos perdurable,
        Exempt d'ennui, de crainte & de souci :
            Tout est calme, tout est tranquile :
On ne veut rien que Dieu, qu'on aime uniquement,
Il est le ferme apui, comme le seur azile,
On trouve tout en lui, le vrai contentement,
L'invariable paix dont parle l'Evangile,
            Qui surpasse tout sentiment,
            Qui rend le précepte facile,
Le sentier des vertus droit, uni, tout charmant.

    Après que des vertus on a fait son étude,
            On trouve dans la Charité
            Cette admirable plénitude
        Qui nos esprits met dans la verité :
Sa lumiere aisément dissipe tout nuage
            Que produit une vaine erreur :
        L'Amour sacré donne ici l'avantage
De goûter à longs traits la céleste douceur.

    Si déja l'on éprouve une si douce vie,
            Que doit être l'éternité ?
De quelles voluptés sera-t'elle remplie ?
            Bien, qui n'est jamais limité !
            L'ame alors en son Dieu ravie,
            Posséde l'immortalité.

            F I N.

LX.

Plenitudo legis est.

Autre

EXPLICATION

des mêmes

EMBLÉMES

DE

VÆNIUS,

par le même Auteur

des P O Ë S I E S précedentes.

R

Les chifres capitaux I. II. III. IV. &c. *qui font au haut de chacune des pages suivantes, marquent le nombre des Emblémes ; & le* petit chifre *qui se trouve en méme ligne avec le* capital, *marque la page d'entre les pages precedentes, où l'on trouvera la figure qui correspond aux vers de l'Embléme que l'on a en vûe.*

PROLOGUE.

ON repréſente ici l'entretien tout charmant
De l'Amante & de ſon Amant ;
Là leur mutuelles careſſes :
Que de douceurs que de tendreſſes !

Je voi d'autre coté des peines, des douleurs,
Des dangers afranchis, des triſteſſes, des pleurs ;
On y voit des combats, l'abîme, le naufrage,
Les vents, la tempête & l'orage.

Mais où ſe reduiront tant de tourmens divers ?
Dans un contentément qui ſurpaſſe mes vers.
L'Epoux paroit jaloux de ſa très-chaſte Epouſe ;
Elle eſt pour ſon Epoux d'elle-même jalouſe :
Elle porte ſon joug, qui lui ſemble bien doux
Venant de la main de l'Epoux :
Et la fatale inquiétude
Ne trouble point ſa ſolitude :
Seul-à-ſeul avec Dieu, que d'innocens plaiſirs !
Que de langueurs, que de ſoupirs !
Tout ſe termine enfin à l'union parfaite,
Qui vient de l'entiere defaite
Des ſens, de la raiſon, & de la volonté ;
Tout eſt reduit en unité.

Divine Charité, tu fis ce grand ouvrage ;
C'eſt de toi, c'eſt de toi, que l'ame a l'avantage
De plaire à ſon céleſte Epoux,
Et de gouter un bien ſi doux.

I. *Nous*

pag. 57.   I.

Nous devons aimer Dieu sur tout.

O Suprême grandeur, immense Vérité,
    Que nul ne peut concevoir ni comprendre!
Sublime profondeur, abîme de beauté,
Faites qu'à vos atraits nos cœurs viennent se rendre!

    Vous étes au dessus du plus sublime Amour:
L'Amour le plus parfait sent bien sa défaillance,
Il se voit bien petit; mais il espére un jour
De pouvoir s'abîmer dans votre sur-essence.

    Que j'ai de joie, ô Dieu, de vous savoir si grand,
Que la foi ni l'Amour ne puissent vous ateindre!
Je m'abîme & me perds dans un vaste néant;
Là je puis contempler, & vous aimer sans craindre.

I I. p. 58.

Il nous faut commencer.

VOus m'avez retiré de mon égarement,
  Vous m'avez envoié votre pure lumiere,
Quand je faifois, helas! tout mon contentement
    De ce qui pouvoit vous déplaire:
  Lorfque j'étois plongé dans l'abîme des maux
    Sur le point d'un trifte naufrage,
Me prenant par la main vous me tiriez des eaux
Quand des flots mutinés j'allois fentir la rage.

  Que ne vous dois-je point pour un fi grand bienfait?
Je vous ofre, Seigneur, & mon ame & ma vie.
Puniffez, je le veux, mon infolent forfait,
Pourvu qu'elle vous foit toûjours affujettie.

  Ah, ne foufrez jamais qu'elle foit loin de vous!
Elle apartient à vous fon Sauveur & fon Pere:
Qu'elle éprouve plutôt votre jufte courroux,
Que de pouvoir encor un moment vous déplaire.

p. 59.　　　III.

L'Adoption vient de l'Amour.

QUi le croiroit, Seigneur ? après tant de bontez,
　　Que je ne reconnus que par l'ingratitude,
　　　Vous me prenez, vous m'adoptez,
　　Vous diffipez ma noire inquiétude.

　Au fort de la douleur d'un repentir cuifant
　　　Que caufoit ma premiere vie,
　　　Vous m'adoptez pour vôtre enfant,
Vous me calmez le cœur, & mon ame afranchie
Trouve qu'en un inftant vous brifez fes liens.
Ouï ce cœur retréci fe trouve prefque immenfe,
　　　Et vous l'avez comblé de biens;
Il goute de fon Dieu dans tous lieux la préfence.

　Bien fouverain, douce Paternité,
　　　Prémices d'un célefte gage,
　　　Commencement de vérité,
Je vous goute déja comme l'heureux partage
Que Dieu promet à ceux qui quitent tout pour lui,
　　Qui renonçant à tout autre héritage,
　　Le prennent feul pour leur unique apui.

IV. *L'A-*

IV.   p. 60

L'Amour eft droit.

l'AMour pur & parfait eft une flame droite,
  Qui ne panche d'aucun coté;
  Cet Amour a ce qu'il fouhaite
Ne voulant, mon Seigneur, que votre volonté.

 Cet Amour tout divin n'a qu'un objet aimable,
  Dieu feul eft fa force & fon poids;
'Tout ce qui n'eft pas Dieu lui paroit déteftable,
  Il eft fixe en fon premier choix.

 Pur, net, & dégagé de l'humaine nature,
  Il tend fans ceffe à ce fublime Objet,
Sans fe courber vers foi, ni vers la créature;
Ce qui n'eft pas fon Dieu lui femble trop abjet.

 Il s'eléve en fon fein au deffus de foi-même,
  D'un vol rapide il traverfe les cieux;
  C'eft d'un amour jaloux qu'il aime
  Cet objet noble & glorieux.

 Il ne fauroit foufrir ni panchant, ni partage,
Cruel, impitoïable, il dépouille de tout.
Comprens, ou crois du moins ce fublime langage;
  Eprouve-le: le pur Amour peut tout.

p. 61.

V.

L'Amour est éternel.

CEnt fois je vous jurois un Amour éternel,
 Divin Epoux, qui raviffez mon ame :
Vous me dites : c'eft moi qui le puis rendre tel,
Et te faire brûler d'une immortelle flame.

 Je le fai, mon Seigneur, répondis-je à l'inftant,
  Je ne compte que fur vous-même ;
  Rendez mon cœur toûjours conftant,
  Et m'aprenez comme on vous aime.

 L'Amour en ce moment vint, s'aprocha de moi,
  Faifant un cercle indivifible ;
Ce cercle eft l'Amour pur, & la plus fombre foi,
  Qui ne peut rien admettre de fenfible.

 Cependant, cher Amour, j'aperçois dans vos yeux
  Un je ne fai quoi qui m'enchante ;
   Un langage délicieux
Enléve en un inftant le cœur de votre amante.

 Vous lui tenez la main, & par de doux fouris
  Vous flatez fes cuifantes peines :
  Vous apaifez tous fes foucis ;
  Et fes larmes loin d'être vaines
  Lui caufent des biens infinis.

VI. L'A-

V I. p. 62.

L'Amour de Dieu est le Soleil de l'ame.

O Raion ténébreux de ce sublime Amour,
Vous percez de vos traits jusqu'au fond de mon
ame !
O nuit, plus belle que le jour,
Qui confumez mon cœur d'une fecrete flame !

Mignarde main, toucher flateur,
Qui m'enlevez hors de moi même !
Je ne retrouve plus mon cœur,
Il eft paffé en ce qu'il aime.

N'étoit-ce pas affez de voir vos yeux charmans,
Sans y joindre des traits de flame,
Afin d'enlever vos amans,
Et pénetrer jufqu'au fond de leur ame ?

Quoi ! faut-il tant de traits pour enlever mon
cœur,
C'étoit affez d'une ouverture.
Vous l'avez conquis, doux Vainqueur,
Il ne faut pas d'autre bleffure.

VII. L'A-

p. 63.   V I I.

L'Amour se voit comblé de grande recompense.

l'Amour eſt un bien infini,
    Qui porte en ſoi ſa recompenſe :
Heureux le cœur auquel il eſt uni,
    Et qui vit ſous ſa dépendance !

L'Amour eſt DIEU, qui ſe donne à mon cœur
    Lors que je l'aime ſans partage :
Mon ſalaire eſt ſa gloire & ſon honneur,
    L'Amour ne veut rien davantage.

Les faveurs, les plaiſirs, pour un cœur généreux
    Se convertiroient en ſuplice :
Que ſoufrir pour l'Amour eſt bien plus glorieux,
    Et s'immoler en ſacrifice !

Je vous aime pour vous, ô mon unique eſpoir ;
Cet Amour ſouverain eſt une recompenſe
    Pour l'amant qui fait ſon devoir,
    Et qui ſe plait dans la ſoufrance,
Qui ſait patir ſon Dieu dans les biens, dans les maux,
    Dont l'amour eſt invariable
    Dans les douceurs, dans les travaux,
Sans diſcerner l'amer du délectable.
C'eſt cet Amour parfait qui produit dans les cœurs
    Le Verbe-Dieu comme au ſein de Marie :
    L'Amour la fit Mére de ſon Sauveur.
    Que ta puiſſance, Amour, eſt infinie !

VIII. L'A-

VIII.

L'Amour instruit.

ENseignez moi, mon adorable Maitre,.
Mon cœur écoute, il est tout préparé;
Votre leçon doit me faire renaitre:
Ah, serai-je bientôt de ce MOI séparé?

Et nuit & jour j'ai l'oreille atentive
A ce qu'il vous plaira, Seigneur, de m'enseigner:
Il faut que votre main dans notre cœur écrive
Ce qu'il ne doit pas ignorer.

La loi d'Amour n'a point d'autre salaire
Que l'Amour même; il renferme tout bien.
Celui qui veut retourner en arriere
N'a point l'Amour pour docteur, pour soutien.

C'est trop peu que ma loi soit écrite en ton livre,
Il faut que je la grave au milieu de ton cœur.

Divin Amour, à vous seul je me livre,
Agissez comme Maitre & comme Créateur.

Donnez-moi cet Amour que vous daignez m'a-
prendre:
L'expérience est au dessus de tout.
Helas, que puis je, moi, qui ne suis rien que cendre?
Le moindre conttretems sans vous me pousse à bout.

Sur le même sujet.

Heureux celui que le Seigneur enseigne,
Qu'il instruit de sa volonté!
Quand on connoit sa vérité,
Ah, que tout le reste on dédaigne!

Si nous écoutions bien au fond de notre cœur
La voix de ce charmant Docteur,
La personne plus ignorante
Seroit en peu de tems savante,
Et sauroit le secret d'aimer Dieu purement.
Toi seul, Amour divin, peux me rendre savant.

IX. *L'A-*

p. 65. IX.

L'Amour est un trefor très-cher & pretieux.

l'AMour eſt mon trefor, tout mon bien eſt en lui;
　　Il eſt mon bonheur, ma richeſſe;
　　Il eſt ma force & mon apui,
　　Sans lui je ne ſuis que foibleſſe.

Richeſſes d'ici bas, que vous me dégoutez!
　　Vain honneur, toi fade molleſſe
　　Dont les hommes ſont enchantés,
　　Vrais oprobres de la ſageſſe!

O pauvreté d'eſprit, vous étes mon trefor;
　　C'eſt vous qui donnez l'Amour même:
　　Vous ne coutez aucun éfort;
　　Mon trefor eſt en ce que j'aime.

Où j'ai placé mon cœur, j'ai placé tout mon bien;
　　Si c'eſt mon Dieu qui le poſſéde,
　　Il m'eſt tout: je ne veux plus rien,
　　Ce qu'on eſtime je lui céde.

Je trouve en lui l'honneur, les biens, la ſainteté;
　　Mon bonheur, mon centre, & ma gloire;
　　Je trouve en lui la vérité;
　　Le reſte eſt hors de ma memoire.

Le mépris m'eſt honneur, la pauvreté tout bien;
　　Mon plaiſir eſt dans la ſoufrance;
　　La foibleſſe fait mon ſoutien,
　　L'Amour eſt ma perféverance.

X.

p. 66.

L'Amour est pur.

l'Amour, ainsi qu'une glace très-pure,
Représente l'objet tel qu'il est à nos yeux,
De ce que nous aimons empruntant la figure :
Quand on n'y voit que Dieu que le cœur est heu-
        reux !
  Mais de l'Amour sacré la glace merveilleuse
     Se ternit d'un moindre respir,
     Un détour de l'ame amoureuse
Dérobe cet Objet qui faisoit son plaisir.

Ah, faites que mon cœur comme une belle glace
Vous dépeigne sans fin, Objet rare & charmant !
    Ce doit être l'unique grace
Que peut vous demander un véritable amant.

Sur le même Embleme.

CE miroir représente encore,
  Que quand le cœur est enflamé
De ce beau feu qui le dévore,
Un autre cœur est allumé
De cette flame pénetrante ;
Car la reverberation
D'un cœur déja dans l'union
Doit embraser le cœur d'une autre amante.

XI. *Dans*

p. 67. X I.

Dans l'unité se trouve le parfait.

LA fin de l'Amour pur est l'union intime,
Où cet Amour conduit par des chemins rompus :
La croix & le mépris, non la gloire & l'estime,
Est le chemin sacré ; tout autre est superflu.

DIEU SEUL : un seul Amour réünit toutes cho-
fes :
Ce point unique est le souverain bien.
L'Amour nous fait passer en notre unique cause,
Où Dieu, notre principe, est moteur & soutien.

Admirable union de Dieu, de l'ame amante !
Il s'en fait à la fin un mélange divin.
L'ame sans rien avoir est ferme, elle est contente,
L'Amour la transformant en son Bien souverain.

Elle ne paroit plus, cette Amante cherie,
Dieu seul opere en elle ; & dans son unité
Elle est si fort anéantie,
Qu'on ne discerne plus que l'Amour-vérité.

XII. *L'A-*

XII. p. 68.

L'Amour a ses divins combats.

COntre qui combas tu, trop témeraire amante?
Contre ce Dieu puissant qui gouverne les cieux?
  Une herbe foible & chancelante
Peut-elle résister à ce Victorieux?

 Je ne dispute pas pour avoir la victoire;
  Je sai qu'il est le seul puissant & fort.
  Si je combas, ce n'est que pour sa gloire;
  C'est pour lui seul que je fais cet éfort.

 Si je pouvois remporter cette palme
   Ce seroit pour l'en couronner.
   S'il posséde déja mon ame,
Pourrois-je la vouloir que pour la lui donner?

  Divin Amour, remporte la victoire,
  Je céde à toi sans avoir combatu.

  Combas, combas; je sai tirer ma gloire
  De ta foiblesse, & non de ta vertu.

p. 69.   X I I I.

L'Amour aime le réciproque.

D'Un réciproque Amour voions les combatans :
  J'aperçois diverses blessures :
  Ils mettent leurs contentemens
  Dans leurs profondes ouvertures.

  Leurs corps jonchés de flèches,
    Leur visage riant
  De se voir mille & mille bréches,
  Est quelque chose de touchant.

  Leur carquois paroit plein, avec leur arc tendu,
    Tout prêt à décocher encore ;
    Mon esprit en est suspendu
    Et j'admire ce que j'ignore :

  L'Amante va mourir, l'Amant est immortel ;
Il blesse pour guerir, s'il tue, il rend la vie :
Divin Amour, non, tu n'es pas cruel,
Et mourir de ta main est mon unique envie.

XIV. *La*

XIV.

p. 70.

La vertu n'est que de l'Amour la marque.

O Charité divine, il faut que tout vous céde;
  Vous renfermez en vous les plus pures vertus.
     Sitôt, Amour, qu'on vous posséde,
Tout ce qui n'est point vous nous paroit superflu:

  On soufre avec plaisir mille tourmens divers,
On tâche bien souvent d'acroitre son suplice:
Hors de vous tout languit en ce grand univers,
On préfére aux plaisirs ta divine justice.

  On ne veut rien pour soi, l'on veut tout pour
        mon Dieu;
La plus pure vertu c'est cet Amour suprême.
     Qui ne brûle d'un si beau feu
Ignorera, Seigneur, comme il faut qu'on vous aime.

XV. *C'est*

p. 71.　　　　　　X V.

C'eſt de deux volontés le concours unanime.

QUand notre volonté veut tout ce que Dieu veut,
　L'homme foible eſt ſurpris de ſentir ce qu'il peut :
Plus il eſt foible en ſoi, plus il trouve en Dieu même,
Soumis à ſon vouloir, une force ſuprême.
Rien ne lui coute plus ; la peine & les tourmens
Dans le vouloir divin ſont des contentemens.
Ce qui fait ma douleur, ce qui fait mes traverſes,
C'eſt de trouver en moi des volontés diverſes.
Ce qui fait tous les maux c'eſt la diviſion :
La paix & le bonheur ſont en cette union.

　Ordonne de mon ſort, ô Volonté ſuprême,
Et je ferai toûjours pour toi contre moi-même.
Les plus rudes tourmens ne m'étonneront pas,
Si ton divin vouloir règle & conduit mes pas :
Et des chemins jonchés de ronces & d'épines
Seront à mon Amour ſentiers, routes divines.

XVI. C'eſt

XVI.

p. 72.

C'est en haut qu'il regarde.

MOn cœur tourne sans fin vers son divin Soleil,
  Il ne peut plus voir autre chose :
Il suit incessamment cet Objet sans pareil,
  Qui le meut & qui le repose.

 Quand le cœur est épris de l'Amour de son Dieu,
  Il ne trouve plus rien d'aïmable :
Par un simple regard en tout tems, en tout lieu,
Il suit sans s'arrêter ce Soleil adorable.

 Il ne pense qu'à lui l'aïmant uniquement ;
  Rien ne divertit sa pensée
  De cet Objet rare & charmant :
De tout le reste alors l'ame est débarassée.

 O souverain bonheur de n'avoir plus que Dieu !
  Son Amour posséde notre ame ;
  Et la posséde sans milieu.
  Heureux qui brûle de sa flame !

Sur le même sujet.

l'HEliotrope suit sans cesse son Soleil ;
  Mon cœur suit son Dieu tout de même :
  Son Amour pur & sans pareil
  Me transforme en celui que j'aime,

 Non, je ne saurois plus divertir ma pensée
  De ce Dieu si parfait, si grand,
De ce qui n'est point lui je suis debarassée :
  C'est lui qui fait mon mouvement.

Etre immense & puissant, adorable Lumiere,
  Source d'Amour, de vérité,
En éclairant mon cœur tu fermes ma paupiere,
  A ce qui n'est que vanité.

XVII. *Il*

p. 73.   X V I I.

Il s'acroit fans mefure.

LOrfque le cœur eft pur comme une belle glace,
  Et que fans ceffe il s'expofe à fon Dieu,
    Il brule & fent croitre fon feu,
    Son Amour devient éficace.

S'expofer devant Dieu, marcher en fa préfence
    Par la pure & fimple oraifon,
      Se laiffer à fa motion,
  Joindre l'amour à la perféverance;
On fentira bientôt tout le cœur s'allumer :
Le feu qui vient du ciel eft une flame pure.
      Mon cœur, laiffons nous enflamer,
      Ne donnons rien à la nature,
      Nous faurons le grand art d'aimer.

XVIII. *Pré-*

XVIII. p. 74.

Préférable à l'amour & de pére & de mére.

LOrs qu'on quite pour Dieu ce qu'on a de plus
  cher,
Que la chair & le fang ne peuvent nous toucher,
  L'Amour nous devient toute chofe.
Laiffons biens & parens, tout ce qui n'eft pas lui;
  Lorfque nous perdons tout apui,
  En lui notre ame fe repofe.

Il fe donne pour prix de la fidélité
A tout abandonner pour l'aimer & le fuivre;
  En perdant tout on a la vérité;
  Mourant à tout on aprend à bien vivre.

p. 75.　　　　　X I X.

L'Amour est le lien de la perfection.

DIvin nœud de la charité,
Inviolable Amour, centre de l'unité,
Que vous étes puiſſant pour atacher mon ame !
Je ne ſens plus les feux de ma premiere flame :

Un Objet infini qui me tient ſous ſes loix,
Un Amour ſans defaut, ſans déſir & ſans choix,
　　　　Une vaſte & pure lumiere,
Me lie inceſſamment à la Cauſe premiere.
Mon Amour a rompu mes malheureux liens,
　　　　Afin de me lier des ſiens.

Depuis ce tems heureux n'étant plus à moi-même,
　　　　Je ſuis toute à celui que j'aime.
Ah! ne briſez jamais ces liens fortunés ;
Amour, je ſuis perdu ſi vous m'abandonnez.

XX. *II*

X X.   p. 76.

Il est vainqueur de la nature.

REtirez-vous de moi, féduifante nature,
Vous ne pouvez donner les plaifirs qu'en pein-
    ture.
Le feul Amour facré peut faire mon bonheur :
C'eft lui qui fatisfait & mon ame & mon cœur.
O toi, divin Amour, remporte la victoire,
Banis cette ennemie, & ce fera ta gloire.

Retirez-vous de moi, plaifirs bas & trompeurs,
Vous venez me flater, malheureux féducteurs.
L'Amour, l'Amour de Dieu fait me rendre fidelle,
Et cette Amour devient une Amour éternelle.
Taifez-vous, fentimens; je ne veux que la foi:
La foi, la croix, l'amour m'uniront à mon Roi.

p. 77.   XXI.

Il nous garde du mal.

pOurrois-je craindre encor la tempête & l'orage,
   Puis que vous me gardez, ô mon céleste Epoux ?
Je n'apréhende plus ni l'enfer, ni sa rage ;
Je suis en sureté quand je suis près de vous.

   Peut-il tomber quelques maux sur ma tête ?
      Venez fondre sur moi tempête,
Je ne vous fuirai plus ni la nuit, ni le jour :
Je suis en sureté, j'apartiens à l'amour.

   J'entends de tous cotés éclater le tonnerre,
 Des éclairs enflamés lancés contre la terre,
La grêle, l'eau, le feu se mêlent tour à tour ;
Je suis en sureté, j'apartiens à l'Amour.

   S'il veut me voir périr, je périrai sans peine ;
Tout est le bien venu de sa main souveraine.
      Amour, dispose de mon sort,
      Soit pour la vie ou pour la mort.

   Tu ne me verras point à tes desseins rebelle :
L'Amour, le pur Amour, ne peut être infidelle.
Confonds, abîme tout dans ce terrible jour ;
Je suis en sureté, j'apartiens à l'Amour.

XXII.

p. 78.

Il enfemence & rend l'efprit fécond.

pOur labourer un champ on fait beaucoup d'éfort :
Il faut avec le fer ouvrir, tourner la terre ;
Plus le fer paffe, & plus on ateïd fon raport :
On y jette le bled, & puis on le refferre.
   C'eſt ainſi que l'Amour agit ſur notre cœur.
La croix & la douleur ſervent de labourage ;
La pénitence éteint toute infernale ardeur :
Et l'homme ne ſauroit en faire davantage.
   L'Amour ſacré répand la ſemence divine :
      Il faut la laiſſer repoſer,
      Il aura ſoin de l'arroſer,
      Il en otera les épines.

   Divin Amour, c'eſt vous qui labourez mon cœur,
     Le renverſant ſelon votre ſageſſe :
      Soiez en donc le moiſſonneur ;
A vous ſeul apartient ſa moiſſon, ſa richeſſe.
C'eſt à lui de ſoufrir tous les renverſemens ;
A vous de recueillir ſes fruits très-abondans.

P. 79. XXIII.

Il dédaigne les cœurs qui sont apesantis.

NOus ne pouvons jamais apartenir à Dieu
  Qu'en surmontant les sens, la chair & la nature :
Se dire son amant & brûler de son feu
Sans mourir chaque jour n'est rien qu'une imposture.

  Il est aisé de voir que la dévotion
    N'est qu'une pure illusion
Lors que l'on ne veut pas se renoncer soi-même,
Jesus-Christ nous l'a dit : pour le suivre ici bas
Il faut porter sa croix & marcher sur ses pas,
Il faut s'abandonner à son vouloir suprême.
    Ce n'est point autrement qu'on l'aime.

XXIV.   p. 80.

Il rend très-liberal.

l'Amour rend liberal; & le cœur généreux
N'ose rien posséder: tout est à ce qu'il aime;
　　Pour soulager un malheureux
　　Il voudroit se donner soi-même.

　Si je fais quelque bien je prens de vos tresors,
　　Divin Amour, ô source intarissable,
　　　Pour les ames & pour les corps!
Le cœur bien amoureux me paroit incapable
　　De s'aproprier aucun bien;
　　Sa richesse est de ne posséder rien.
L'Amour est son tresor, son bonheur, sa richesse:
　　Il trouve en lui sa force & sa sagesse.
Lorsque privé de tout il ne posséde rien
Il connoit que l'Amour est son unique Bien.

XXV. *L'en-*

p. 81. X X V.

L'envie eſt l'ombre de l'Amour.

CEtte ombre afreuſe helas qui nous ſuit en tous
lieux,
Eſt l'éfet de la jalouſie.
Le pur Amour déplait aux envieux ;
Lui, qui produit le bonheur de la vie,
Eſt inſuportable à leurs yeux.

L'Amour inſpire au cœur une autre jalouſie ;
C'eſt celle de ſon ſeul honneur :
Elle eſt exempte de l'envie,
Et ne tourmente point le cœur.

C'eſt un zéle ſacré pour un Objet aimable,
Qu'on voudroit faire aimer en mille endroits divers ;
Pour ce Dieu pur, ſaint, adorable,
Qui régit ce grand univers.
On ne veut d'honneur, de victoire,
De bonheur, de plaiſir, de bien,
Que pour l'immoler à ſa gloire :
Un tel jaloux ne ſe reſerve rien.

L'Amour pur eſt auſſi de lui-même jaloux,
Il ne ſauroit ſoufrir concurrent ni partage :
Et cette jalouſie allume ſon courroux.
Il veut le cœur entier auſſitôt qu'il l'engage ;
Que ſans ſe regarder on l'aime uniquement :
Pour l'obtenir il met tout en uſage ;
Il en mérite davantage,
Il n'en atend pas moins de ſon fidele Amant.

XXVI. *Rien*

XXVI. p. 82.

Rien ne pese à celui qui aime.

NOn, non, l'Amour n'a point de charge trop pe-
       fante,
L'ame qui s'en plaindroit est indigne de lui :
     Car une véritable Amante
Ne veut en ses travaux que l'Amour pour apui.

  Que votre joug est doux, votre charge légere!
Ils foulagent mon cœur, bien loin de l'acabler.
    La croix est un secret mistere,
     Qu'il ne faut pas trop reveler.
 Tout le monde la fuit, cette croix salutaire :
     Elle est le choix de mon Epoux.
     Je la veux porter sans salaire,
Et chanter en tous lieux que ce fardeau m'est doux.

p. 83.   X X V I I.

Le seul Amour est source de tous biens.

l'A Mour aux cœurs unis rend toute chose aimable)
    Cette union est source de tout bien :
        Jamais aucun fardeau n'acable
      Quand l'Amour en est le soutien.
   Les peines sont faveurs, la douleur recompense
      Lorsqu'on a le gout afiné ;
On trouve un vrai bonheur dans l'humble patience
      Quand on est bien abandonné.

   Comme au soin de l'Amour on remet sa conduite
      Rien ne cause plus d'embaras,
Si par toi, cher Amour, j'allois être detruite,
      Mon cœur n'en soupireroit pas.

   Un soupir échapé rendroit-il infidelle
      Un si pur & parfait Amant ?
'La justice ne fut jamais, jamais cruelle :
On soupire d'amour & de contentement.

XXVIII. *Les*

XXVIII. p. 84.

Les coups de l'Amour font bien doux.

FRape, frape, mon cher Epoux,
Mais ne te mets point en colere:
Ah, je crains bien plus ton courroux
Que toutes les douleurs que ton bras me peut faire.

Augmente & redouble tes coups:
Je n'apréhende plus, pur Amour, ta juftice.
Que ce chatiment paroit doux!
Si tu n'as point d'autre fuplice
Qui fe plaindra de ta rigueur?
Ce ne fera jamais mon cœur.

Favorables rigueurs, trop favoureufes peines,
Que celles qui viennent d'Amour!
Puis qu'il donna pour moi tout le fang de fes veines,
Que je donne pour lui tout le mien à mon tour!

p. 85.   XXIX.

La paix & l'Amour vont ensemble.

HElas, pour un moment de peine & de souffrance
C'eſt là donc le bonheur que vous me deſtiniez !
   Qu'il ſurpaſſe mon eſpérance !
   Eſt-ce ainſi que vous chatiez ?

Venez fondre ſur moi, tourmens, torrens de pei-
   nes,
   Vous n'avez rien qui puiſſe m'alarmer.
   Quand nous craignons, que nos craintes ſont
     vaines !
   Vous ne frapez que pour vous faire aimer.

Vous nous faites gouter votre aimable préſence,
   Vous comblez notre ame de paix.
   Ne regardons plus la ſoufrance,
   Que comme de charmans bienfaits.

     Chatiment déſirable !
     O coups, coups fortunés,
   Quels ſont les biens que vous donnez !
   Mon bonheur eſt inexplicable.

XXX. L'Eſ-

XXX. p. 86.

L'Espoir nourrit une ame amante.

L'Espérance me nourissoit
Lors de ma plus tendre jeunesse,
Et l'Amour qui me conduisoit
Etoit plein de délicatesse :
Mais si tôt que la foi brillant dans mon esprit
Me fit apercevoir mille traits de l'enfance,
Je voulus quiter l'espérance.
Et suivre l'Amour pur dans une sombre nuit.

L'espérance sera ta fidelle compagne,
Me dit l'Amour ; fui du lait la douceur ;
Viens avec moi parcourir la campagne :
Il faut, il faut changer ton cœur.
Je te ferai courir aux bords des précipices,
Tu ne craindras pour moi ni peine ni danger :
Je te ferai chanter au milieu des suplices,
Et c'est là le chemin où je veux t'engager.

Divin Amour, fai ce que tu veux faire ;
Je te suivrai par tout d'une immuable foi :
Soufre seulement que j'espere,
Amour, & je me livre à toi.

p. 87. XXXI.

L'Amour hait les lenteurs.

IL ne faut plus penfer à gouter le repos:
    Amour me fait courir fans ceffe,
    Il ne peut foufrir la pareffe,
Il fait tout fon plaifir des peines, des travaux.
    Helas, j'ai bien changé d'allure!
    Je me repofois nuit & jour,
    Et donnois tout à la nature,
    Croiant tout donner à l'Amour.

  Le marcher eft repos, me difoit mon cher Maitre;
    Ton repos fera de courir:
On ne peut arriver jufqu'au Souverain ETRE
    Sans avancer, & fans foufrir.

  Regarde ce torrent, dont la courfe rapide
Ne s'arrête jamais qu'il n'ait trouvé la mer.
    Quite, quite ton pas timide;
Suy moi, je t'aprendrai comme tu dois m'aimer.

XXXII. L'A-

XXXII. p. 88.

L'Amour redreſſe toutes choſes.

QUe de détours Amour, que de ſubtiles caches,
Dont j'uſois autres fois que j'étois loin de toi:
Mille retours, & mille & mille ataches,
Que je derobois à ma foi.
Amour pur & divin, rectifie, acommode
Ce que l'amour propre a gaté.
Je voulois t'aimer à ma mode,
Et je ne t'aimois pas ſelon la vérité.

Ah, que loin de l'Amour il eſt peu de droiture?
Quand je voi nos vertus auprès de ſa meſure
Je n'aperçois que du defaut:
Helas, on vit dans la nature,
Quand on ſe croit tout au Très-haut!

Nos œuvres, nos vertus, paroitroient peu de
choſe
A les bien meſurer à l'aune de l'Amour:
Nous n'en diſcernerons la cauſe
Qu'à la faveur de ſon grand jour.

p. 89. XXXIII.

Il prépare la voie à Dieu.

IL faut marcher, pour aller à mon Dieu,
  Par un chemin jonché de palmes & d'épines :
Les ronces font pour moi, tout me plaît en ce lieu,
Et j'aime également des routes si divines :

  Que tous chemins font bons pour arriver à vous,
    Divin Objet, qui faites mes délices !
      Je ne crains point les précipices :
Périr en vous cherchant feroit un fort bien doux.

     Amour, remportez la victoire ;
Je ne veux rien pour moi que peine & que douleur ;
    Je vous céde toute la gloire,
     Hélas, que c'est peu pour mon cœur !

XXXIV. *Tout*

XXXIV.   p. 90.

Tout doit rentrer dans ſa premiere ſource.

ADorable principe, & mon unique fin,
  Je reçois vos bienfaits afin de vous les rendre;
      Et mon cœur ne ſauroit prétendre
Qu'au ſuprême bonheur d'être à ſon Souverain.
  Tous biens v'ennent de vous, il faut qu'ils y re-
              tournent:
          Si vous prodiguez vos faveurs
          A de foibles & lâches cœurs,
          Ne ſoufrez pas qu'ils y ſejournent.

  Pour moi, mon cher Epoux, je fais tout mon
              plaiſir
          De tout rendre à mon ſeul principe:
      Lorſque le cœur eſt vuide de déſir
A ſon Bien ſouverain d'abord il participe:
          Car ne retenant rien pour ſoi,
Il s'abime & ſe perd dans cette mer immenſe:
          Lorſqu'il abandonne le MOI
C'eſt dans l'Amour ſacré qu'il fait ſa réſidence.

p. 91.

XXXV.

Il est ferme & constant.

TU me fais atacher, Amour, à ce poteau,
De toutes parts la flame m'environne:
  Est-il quelque tourment nouveau,
  Où mon ame ne s'abandonne?

    Augmente & redouble tes feux;
  Je n'en sens point la violence:
  Quand le cœur est bien amoureux,
Le beau feu du dedans détruit sa véhémence.

Amour, ah, laisse moi, pour me faire soufrir:
  Tant que tu soutiendras mon ame
  Elle ne peut ni languir, ni mourir,
  Et se délecte dans la flame.

Ces horribles bourreaux sont donc tes instrumens,
  Et je pourrois encor les craindre?
Redouble mon Amour, & croisse leur tourment,
Car leur feu par le tien est tout prêt de s'éteindre;
Et je le voi comme un amusement,
  Puisqu'il ne peut encor m'ateindre.

XXXVI. L'A.

XXXVI. p. 92.

L'Amour édifie & construit.

DEtruifez, cher Amour, mon ancienne maifon;
 Soiez le fondement d'un nouvel édifice:
   Que ce foit un lieu d'oraifon,
Où l'on ofre du cœur l'éternel facrifice.

Vous ne l'élevez point fur le fable mouvant;
   Mais fur la roche vive:
   Quand le débordement arrive,
Il ne pourra jamais l'ébranler un inftant.
Ce qu'on fait fans l'Amour c'eft bâtir fur l'arene,
   Où le moindre débord entraine
   Ce fuperficiel, ce léger batiment.

Nos œuvres, nos vertus fans l'Amour font de
      paille,
   Qui n'ont en foi nulle valeur:
Heureux ceux avec qui le pur Amour travaille,
Leurs œuvres, leur vertus font dignes du Seigneur.

p. 93.　　　X X X V I I.

Il répand une odeur charmante.

Tire-moi, mon divin Epoux,
　　Difoit l'Epoufe des Cantiques,
L'odeur de tes parfums fi raviffans, fi doux,
Enlévera les cœurs de ces vierges pudiques,
Dont la robe en blancheur jette un éclat fi beau
　　A ta fuite, ô divin Agneau.

D'un parfum plus exquis mon ame eft alterée;
Les mépris, les douleurs font de cette contrée:
Referve pour le ciel tes charmantes douceurs,
Il ne me faut ici que peines & rigueurs.

Tu me fraias jadis le chemin des foufrances,
Et tu m'as enfeigné quelle eft ta patience:
La croix, l'adverfité, pour un cœur généreux,
Le font, divin Agneau, te fuivre en tous les lieux.

Quand je voi mon Jesus couvert de cicatrices,
Pourrois-je m'amufer à gouter des délices?
Il n'en eft point pour moi que marcher fur fes pas
Et foufrir comme lui jufques à mon trépas.

XXXVIII. *Avec*

XXXVIII.

P. 94.

Avec l'Amour on est en assurance.

JE voi de tous cotés grand nombre d'ennemis,
    Qui me pressent & m'environnent:
    Ils croïent me rendre soumis,
    La mort & l'enfer me talonnent.

Malgré tant de dangers je n'apréhende rien;
    Qu'on me frape, qu'on m'emprisonne:
Ce qu'on fait contre moi me paroitroit un bien
Si le divin Amour me servoit de soutien.
    C'est à lui que je m'abandonne
    Entre ses bras je n'apréhende rien.

    J'y goute une paix si profonde,
    Que j'oserois défier tout le monde.
Je repose en son sein, & ma tranquilité
    Ne vient que de la charité.

Qui me peut séparer de cet Objet aimable?
    La mort ou la captivité
    Ne peuvent rien contre la vérité;
    Elle est à tout inébranlable.

XXXIX. Il

p. 95. XXXIX.

Il étanche la soif du cœur.

VOus étanchez ma soif, ô mon divin Epoux!
Que les eaux d'ici bas font pleines d'amertume!
On goute en vous aimant un feu charmant & doux
Qui sans nous bruler nous consume.

On trouve en votre sein une source paisible;
Toute pleine de volupté,
Qui rend aux plaisirs insensible,
Et nous met dans la vérité.

C'est vous qui nous donnez l'excellente fontaine
Que vous avez promise à la Samaritaine:
Elle produit en nous un fleuve gracieux,
Qui doit jaillir jusques aux cieux.

Ce fleuve est l'Amour pur, qui remonte à sa
source,
Il bannit de nos cœurs l'amour interessé.
Qui n'interrompt jamais sa course;
S'en trouvera plus que recompensé.

XL. Qui

X L.   p. 96.

Qui veut aimer n'est plus libre à sa mode.

Qui peut se plaindre de ta charge,
Amour, & de ton joug, ne l'a jamais porté.
D'un si doux esclavage ah s'il craint qu'on le charge,
    Il est captif de la cupidité.
En captivant le cœur tu le mets plus au large;
    Tu lui donnes la liberté.

Ton joug paroit pesant à l'ame foible & tendre!
Mais qu'il paroit léger au cœur bien amoureux,
    Qui loin de vouloir s'en défendre,
Se croit en le portant cent fois plus glorieux!

Ah, captive mon cœur, seul Auteur de ma flame!
    Je te rends comme à mon vainqueur
    Les droits que j'avois sur mon ame,
    Sois en paisible possesseur.

XLI. L'uni-

p. 97.

X L I.

L'unique Amour brille entre les vertus.

l'A Mour renferme les vertus :
Sans lui nulle vertu ne sauroit être pure.
Souvent nos soins sont superflus ;
Croiant suivre l'Amour, nous suivons la nature.

Il n'est rien hors de toi, Charité bienfaisante,
Pour ta fidelle & tendre Amante :
Je trouve en toi, cher Amour, tous les biens.
C'est toi qui les produis, c'est toi qui les soutiens :

Avec toi la vertu se trouve sans méprise ;
Une sincérité qui jamais ne déguise,
Une ingénuité qui ne se dément point ;
Par tout une égale franchise :
C'est la vertu d'un cœur qui se laisse à ton soin.

XLII. L'A-

XLII. p. 98.

L'Amour surmonte tout.

VIens enlever mon cœur, Amour tout adorable;
    Pour toi rien n'est impénetrable:
Le cœur plus endurci résisteroit en vain.
Tu peux ce que tu veux, seul Auteur de ma flame;
    Sitôt que tu prens le dessein
    De pénetrer le fond de l'ame,
On est assujeti par tes charmes si doux:
    On est blessé des moindres coups.

Ah, dès qu'un cœur d'acier reçoit en lui tes traits,
    Il change aussitôt de nature,
    Quitant sa qualité trop dure
    Lorsqu'il éprouve tes atraits,
Il ne sent plus en lui que des désirs parfaits.

Fais, ô divin Archer, dans mon cœur tant de
    bréches;
    Qu'en épuisant toutes tes fléches
    Je puisse de même à mon tour
    Te blesser de mon chaste amour.

p. 99. ## XLIII.

Agité, il devient plus ferme.

CE chêne que je voi batu de la tempête,
Ne fait que s'afermir : son orgueilleufe tête
Paroît braver les vents impétueux,
Se roidiffant dans fa racine
Lorfque ces tems injurieux
Semblent le menacer d'une prompte ruïne.

Il en eft ainfi de mon cœur ;
Lorfque chacun lui fait la guerre,
Qu'il entend gronder le tonnerre,
Il s'afermit contre la peur.
Regardant fans pâlir où tombera l'orage,
Il foutient tout avec courage ;
Il n'eft point abatu, non plus qu'audacieux,
Fier du fecours des cieux.

XLIV.   p. 100.

Le véritable Amour ne fait point de mesure.

LA *régle de l'Amour* est d'aimer *fans mesure* :
Rompons, divin Epoux, la régle & le boisseau;
    Laissons les tems à l'avanture;
    L'Amour donne un plaisir nouveau.
Disons & redisons, rien ne paroit si beau,
La régle de l'Amour est d'aimer fans mesure.

        Ah, ne comptons jamais les tems:
La saison de l'Amour devroit être éternelle.
        Ne parlons plus que du printems;
    L'Amour divin est la saison nouvelle,
    Du cœur fidele & des amours constans.

        Divin Auteur de la nature,
Vous qui savez si bien remuër notre cœur;
Si je vous puis aimer d'un Amour sans mesure,
Je parviendrai bientôt au souverain bonheur.

p. 101.   X L V.

Les vents font qu'il s'acroit.

pLus je fuis agité, plus je fuis combatu,
    L'Amour augmente ma vertu:
Par les vents mutinés je fens croitre ma flame,
    Ils rendent plus ferme mon ame.

Souflez de toutes parts, ô vents impétueux;
Plus vous fouflez, & plus je fens croitre mes feux,
Les tourmens de l'Amour n'ont rien que d'agréable:
Leur agitation rend mon feu délectable.

    Fondez fur moi, torrens de maux,
    Mon feu s'acroit par les travaux,
    Je ne crains plus votre amertume:
    Agité, j'e ute un bonheur
    Que ne peut dépeindre ma plume,
    Car il eft plus grand que mon cœur.

XLVI. p. 102.

L'Amour dédaigne tout le reste.

POur vous j'ai méprifé l'honneur,
  Et tous les biens de la fortune.
  C'eft encor trop peu pour mon cœur:
Tout ce qui n'eft pas vous m'aflige & m'importune.

  Vous n'étes pas content de ce que j'ai quité,
    Si je ne me quite moi-même:
    Votre Amour eft plein d'équité,
    Il veut tout pour le Bien fuprême.

  Sans rechercher en lui que fon feul interêt,
Sans vouloir de l'Amour aucune recompenfe,
    Faifons toûjours ce qui lui plait;
    Que c'eft une augufte fcience!
Ne nous amufons pas à chercher la douceur;
Ne défirons de Dieu que fon unique honneur.

XLVII. Ce

p. 103.　　　　X L V I I.

Ce n'est pas assez que de voir.

QUi pourroit concevoir le doux contentement
　　Qu'on reçoit à vous voir, ô Monarque suprême!
Vous posséder en soi surpasse cependant
　　　　Ce qu'on peut voir quand on vous aime.

　Ah, fermez vous, mes yeux, cessez de vous ou-
　　　　vrir;
　　Je veux un Bien qui surpasse la vûe:
Je contemple, il est vrai; mais l'Amour veut jouïr
　　　De la vérité pure & nuë.

　Je voudrois m'abimer dedans son vaste sein,
　　　　Et dans lui me perdre sans cesse.
Que mon sort seroit beau, trop heureux mon destin,
　　　Si perdu dans votre Sagesse
Je ne me voiois plus, je ne connoissois rien
Que la totalité de cet unique Bien!

　Non, penser trop-borné, vous ne convenez pas
　　　　Avec cet Objet adorable:
Vous étes trop grossier, trop imparfait, trop bas:
L'Amour, le pur Amour, est lui seul convenable.

XLVIII. *Au*

Au cœur touché d'Amour tout peut servir de voie.

AMour pur & divin, vous laiffez votre Amante
A la merci des flots : que je la voi contente !
Batuë en cent façons au milieu de cette eau,
  Son carquois lui fert de vaiffeau,
Son arc de gouvernáil. Là fans craindre l'orage,
  Elle goute un plaifir nouveau.
  D'où lui vient donc ce grand courage ?

C'eft de l'Amour ; c'eft lui qui caufe ces fuplices :
Elle n'aperçoit pas même les précipices
  Qui l'entourent de toutes parts :
Et fans ouvrir les yeux fur fon prochain naufrage,
  O l'heureux avantage !
  Elle méprife les hazards.

C'eft ainfi que l'Amour nous expofe au danger
  Pour éprouver notre courage,
  Si l'enfer, le monde & fa rage
  Pourroient bien nous faire changer.

Un cœur bien amoureux ne voit rien que l'Amour ;
  Dans le peril le plus extrême
  Il n'oferoit pas fur foi-même
  Soupirer ni faire un retour.

AUTRE.

IL me faut donc paffer cette mer orageufe :
Dois-je m'abandonner à la merci des flots ?
  Ah, que je fuis peu courageufe !
  Moi, qui n'aimois que le repos.

Il me faut donc franchir abîme, précipice,
Etre ainfi le jouet, Amour, de ta juftice ?
Eft-ce là les grands biens que tu me promettois ?
Veux-tu me voir périr ? Je fuis prefqu'aux abois :

  Amour, tu ris de mon naufrage :
Je fens lever les flots, j'entens gronder l'orage,
La mer en s'entrouvant ne me laiffe rien voir
Qu'un abîme profond où je fuis prête à choir.

  Traites-tu donc ainfi ton amante fi chere ?
Périffons, j'y confens ; je veux te fatisfaire ;
Et fans plus écouter mes pleurs injurieux
Amour, je vais périr, & périr à tes yeux.

p. 105.   **XLIX.**

L'Amour est un vrai sel à l'ame.

l'Amour est le sel de notre ame;
Sans lui ce n'est rien que fadeur;
C'est lui qui conserve le cœur,
Et qui le nourrit & l'enflame.

Le sel de l'Amour pur préserve par dedans;
Il est l'esprit de la Sagesse:
De celle qui nous rend enfans,
Mais des enfans de la promesse.

Elle s'opose en nous à la fausse prudence
Si contraire à l'esprit de foi.
Quand l'Amour nous tient sous sa loi,
On aime l'indistinct, & l'on fuit l'évidence.

La sagesse consiste à tout donner à Dieu,
Sans rien reserver pour soi-même:
C'est ce qu'on doit à cet Etre suprême,
Sans quoi, l'Amour n'a point de lieu.

L. p. 106.

Il chasse toute crainte.

l'Amour parfait doit banir toute crainte:
    Il hait toute timidité;
    Et la divine Charité
    Ne sauroit soufrir de contrainte.

On fait tout librement, avec un grand courage,
    Porté sur les ailes d'Amour;
    On trouve un très-grand avantage
    A servir Dieu sans crainte & sans retour.

    Que craindre, ô Seigneur de ma vie?
    Sitôt qu'on s'abandonne à vous,
    Notre ame se trouve afranchie,
On n'apréhende pas même votre courroux.
    L'Amour nous aprend à descendre:
    Lors que son feu nous a reduits en cendre,
Sur qui, grand Dieu sur qui pourroient tomber vos
        coups?

 LI. Dans

p. 107.   **L I.**

Dans lui toute félicité.

APRès tant de tourmens je goute le bonheur,
    Grand Dieu, d'être en votre préfence:
    Le monde n'eſt qu'un ſuborneur;
Je n'apréhende rien, vous êtes ma défenſe.

    Quand l'ame eſt au deſſus des ſens,
Le monde ni l'enfer ne ſauroient plus lui nuire:
Elle goute avec Dieu des plaiſirs innocens,
    Que ma plume a peine à décrire.

Dans ces lieux écartés elle poſſéde Dieu,
    Ou plutôt ſon Dieu la poſſéde:
C'eſt dans ce ſaint déſert, dans cet aimable lieu,
    Que de ſes maux elle a le ſeur reméde.

Divin Amour, quand on vit avec vous,
    Pourroit-on ſoufrir quelque choſe?
    C'eſt dans le ſein de mon Epoux
Que je trouve la paix, & que mon cœur repoſe.

L I I. p. 108.

La conscience en est témoin.

JE voi l'Amour divin me présenter la croix;
L'amour profane les délices :
Je ne balance point sur un si digne choix,
Je préfére aux plaisirs les plus afreux suplices.

Je sens certain je ne sai quoi
Me porter presque malgré moi
A préferer l'utile au délectable :
Mes sentimens tournent vers l'équitable.

Sans regarder mes interêts,
Je me soumets, Seigneur, à tous tes saints décrets,
Je veux bien pour ton Nom vivre dans la soufrance,
Te prouver mon Amour par mon obéïssance.

Nous avons au dedans un souverain Moteur,
Qui ne nous laisse point surprendre;
Et cet éclairé Directeur
Ne nous permet jamais de nous méprendre.

p. 109.   L I I I.

Il abhorre l'orgueil.

Rien n'eſt plus odieux au ſouverain Amour
    Que la ſuperbe de la vie;
    Elle s'augmente chaque jour
Et rend à tous momens l'ame plus aſſervie.
  Se nourriſſant de tout, les bonnes actions
    Lui font un mets bien ordinaire:
    On voit dans les dévotions
  L'orgueil, & non la pieté ſincere.

L'orgueil croît avec nous, & nous ſuit au tombeau;
    Il augmente même avec l'age:
    Toûjours quelque ſujet nouveau
    Lui donne ſur nous l'avantage.

Helas, divin Amour, arrêtes-en le cours;
    Toi ſeul as pouvoir de le faire;
    Si non, il me ſuivra toûjours,
    Il eſt à mes déſirs contraire,
Je voi l'humilité pleine de doux apas!
Je l'aime, je la veux, & ne la trouve pas.

L I V.

P. 110.

Il a foin d'inculquer fes loix.

VOus étes, cher Epoux, dans le fond de mon cœur,
        C'eft où votre loi s'eft gravée :
Vous m'avez délivré de l'efprit féducteur,
Mon ame eft toute à vous, vous l'avez enlevée.

    Chaque jour je reçois de nouvelles leçons
        De votre divine Sageffe :
        Vous me mettez en cent façons
        Afin d'éprouver ma foupleffe :
        Souverain Epoux de mon cœur,
Soiez toûjours mon maitre & mon docteur.

        Vous enfeignez la vérité,
        C'eft vous feul qui le pouvez faire :
        Le refte n'eft que vanité,
        Et les hommes fe doivent taire.
Je ne trouve chez eux que vaine illufion,
Leur difcours n'eft rempli que de confufion.

Sur le même fujet.

JE n'afpire qu'au bien d'être inftruite par vous ;
  Parlez, parlez, Seigneur, mon ame vous écoute :
Ce que vous enfeignez eft parfait, il eft doux,
        Et ne laiffe à l'ame aucun doute.

    Vous écrivez vos loix dans le fond de mon cœur ;
C'eft cette loi d'Amour qui me donne la vie.
        L'Amour eft Maitre, il eft Docteur :
L'ame obfervant fa loi de crainte eft afranchie.

    Lors on n'eft plus fujet aux divers changemens
        Qu'éprouve le refte des hommes ;
        On devient de parfaits amants,
        L'Amour, en toi tu les confommes.

p. 111.   L V.

Qui n'aime point, il reste dans la mort.

AMour sacré, tu me donnes la vie ;
    Sans toi je reste dans la mort,
    Et ne saurois faire un éfort,
    Tant mon ame est apesantie.

C'est toi, divin Amour, qui fais vivre & mourir ;
Il faut mourir à tout pour posséder la vie :
La vie est par la mort de la mort afranchie ;
C'est l'Amour qui guérit les maux qu'il fait soufrir.

    O pur Amour, que tranquile est ta flame
Lorsqu'on se livre entierement à toi !
    Quand tu deviens le maitre de notre ame,
    On ne suit plus que l'amoureuse loi.

LVI. L'A-

LVI. p. 112.

L'Amour réünit les semblables.

l'AMour facré rend égaux les amans,
Et les unit d'une chaine éternelle :
Lors que je voi leurs faints embraffemèns,
Je comprens bien leur amour mutuelle.

Quoi, vous vous abaiffez, mon fouverain Seigneur,
Jufqu'à vous égaler votre pauvre fervante !
Cette bonté ravit mon cœur :
Qu'elle eft forte, qu'elle eft touchante !

Vous m'avez aimé le premier
D'une Amour pure & gratuite ;
Faites que mon retour, cher Epoux, foit entier,
Et que pour être à vous moi-même je me quite.

Je vous aime pour vous, ô fouverain Auteur
De ma chafte & pudique flame ;
Sans m'ocuper de mon bonheur,
Je vous abandonne mon ame.

p. 113.   **L V I I.**

De toutes les vertus c'eſt la baſe & la ſource.

l'AMour eſt le ſoutien de toutes les vertus,
Il les renferme en ſoi, puis nous les communique!
    Qui d'ailleurs n'en déſire plus
En reçoit richement de ſa main magnifique.

  Quand je ſuis dans l'Amour je les ai dans leur
      ſource,
    Tous mes déſirs ſont amortis:
Quand tout me manque, Amour eſt ma reſſource;
    O trop heureux les vrais anéantis!

  Je me plonge en l'Amour, non content d'y boire;
    De ce bain l'on ſort pur & net:
Je ne puis rien vouloir, pur Amour, que ta gloire;
    Ton ſeul honneur me ſatisfait.

  Recherche qui voudra chez toi ſon avantage;
    Ce penſer me paroît trop bas:
    Je ne veux point d'autre partage
Que m'immoler ſans fin à tes divins apas.

L V I I I.   p. 114.

Il vivra fans ceffer.

REndez, divin Amour, cette flame immortelle;
 Vous qui l'allumez dans mon cœur:
 Vous en étes l'unique Auteur;
 Que notre amour foit éternelle!

Pourrois-je un feul inftant me féparer de vous,
 Divin poffeffeur de mon ame?
 Ah, croiffez ma pudique flame:
Qu'un tel embrafement, à mon cœur fera doux!

 Ah, fi mon feu pouvoit encor s'éteindre,
 Que j'en aurois de peine & de douleur!
  Amour, vous poffédez mon cœur,
  Rien d'ici bas ne peut m'ateindre.
  Croiffez, croiffez toûjours mes feux;
Si vous me confumiez, que je ferois heureux!

p. 115. LIX.

C'est le but de l'Amour, de deux n'en faire qu'un.

LA fin d'un chaste Amour est l'entiere Unité;
L'Amante & son Amant sont une même chose.
C'est plus; une métamorphose
Transforme en son Amant l'Amante en vérité.
Il ne faut plus ici de carquois ni de fléches:
L'Amour a quité son bandeau;
Et par un miracle nouveau
Il entre dans le cœur sans y faire de bréches.

Regardons le chemin par où l'ame a passé:
Que de rochers, de précipices;
Que d'agitations, de travaux, de suplices!
Mais enfin dans l'Amour son cœur est trépassé.

O digne & bienheureux trépas!,
O mort toute délicieuse
Pour cette belle ame amoureuse;
Qui ne vous désireroit pas?

Le trépas est l'heureux passage
Qui met cette Amante en partage
De tous les droits de son Epoux:
Vous faites plus, Amour, la transformant en vous.

L X. p. 116.

C'est de la Loi la consommation.

LE pur Amour est donc la fin de toutes loix;
Il les renferme en soi, bien loin de les exclure:
    L'ame au dessus de la nature
    N'a plus ni volonté ni choix.

    Depuis longtems sa volonté perdue
      Dans la charité pure & nue
    Ne lui laissoit nul usage de soi;
      L'Amour alors étoit sa loi.

Mais depuis que l'Amour en lui l'a transformée
      Il a changé sa destinée;
    Elle obéit & commande à son tour:
Son vouloir dans l'Amour est un vouloir suprême;
Ne la regardez plus, cette Amante, en soi-même;
      N'envisagez que son Amour.

Ne nous amusons point au dehors, à l'écorce;
      Ce seroit une vaine amorce:
      Mais pénetrons jusqu'au dedans,
Et ne distinguons plus ces trop heureux Amans.

      Ici toute activité cesse;
      Ce n'est ni douleur ni caresse:
      On est en un parfait repos:
Tout se termine enfin au Sabat du Treshaut.

EPILOGUE.

TOi, délices de l'ame pure,
   Amour, qui penétres le cœur
Aiant furmonté la nature
Par ta pure & ta chafte ardeur;
   Lumiere fimple, inacceffible;
Souverain Donneur de tout bien,
Toi qui rends le cœur inflexible
En l'abimant dedans fon rien;
   Enfant qui gouvernes le monde,
A qui je confacre ces vers;
Par une grace fans feconde
Repands les dans cet univers:
   Que tous viennent à te connoitre,
Mais encor bien plus à t'aimer
Comme feul Auteur de tout être;
Fai leur l'AMOUR PUR eftimer.
   Ah fai qu'ils t'aiment fans partage
D'un amour defintereffé;
Fai leur entendre mon langage,
Amour, ouï, tu m'as exaucé.
   Je fens leur cœur qui fe remuë,
Et qui fe préfente à tes traits;
Que ta vérité pure & nuë
Les frape felon mes fouhaits:
   Je n'en ai plus que pour ta gloire,
Je ne défire rien pour moi:
Daigne remporter la viétoire,
Divin Enfant, deviens leur Roi:
   Frape les quand je les amufe;
Et que leur divertiffement
Soit de fe livrer fans excufe
A ton petit bras tout-puiffant.
   Tu fais bien pour qui je t'implore,
Rien ne fauroit t'être caché.
O Toi, que j'aime & que j'adore,
De tout rends leur cœur détaché.

Qu'ils

Qu'ils te recherchent pour toi-même
Sans penfer à leur interêt ;
Se livrant au vouloir fuprême
Qu'ils ne s'en retirent jamais.
   Fixe de l'homme l'inconftance,
Aprens lui tes fentiers fecrets ;
Qu'il connoiffe ta fapience,
Et fe livre à tes faints décrets.
   Enfin, fois l'ame de leur ame ;
Donne telle grace à mon chant
Qu'il produife en eux cette flame
Qui vient de toi, Divin Enfant :
   Si ton Epoufe fut fidelle,
Si fon cœur n'efpére qu'en toi,
Si ton amour eft éternelle,
Favorife en cela fa foi.
   Elle a chanté fon avanture
En tous chants, en toutes façons,
Cette Charité fans mefure
Qui furpaffe tous autres dons.
   Elle dépeint là tes careffes
Et mille chaftes voluptés,
Tant de mutuelles tendreffes
De qui les fens font enchantés.

   Ne croiez pas, peuples fidelles,
Que ce ne foit que des chanfons :
Deffous ces figures nouvelles
Il eft d'excellentes leçons.
   Recevez par le divin Maitre
De ma main ces petits préfens :
Pour recompenfe, veuillez être
De fimples & petits Enfans.

F I N.

TABLE
DES
EMBLÉMES
DE
HERMANNUS HUGO.

IX. *J'ai*

LIVRE II.

LES DESIRS D'UNE AME QUI SE SANTIFIE.

V 4

LIVRE III.

LES SOUPIRS DE L'AME AMANTE.

V 5   T A-

TABLE des ÉMBLÉMES
D'OTHON VÆNIUS
fur l'Amour Divin.

XXX. L'Ef-

ERRATA.

[Bibliothèque Royale library stamp]

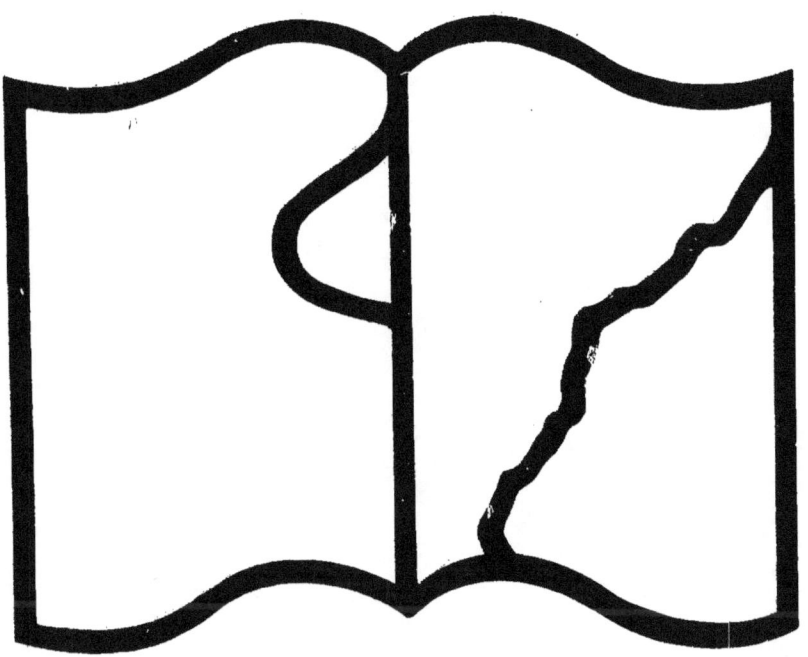

Texte détérioré — reliure défectueuse

NF Z 43-120-11

www.ingramcontent.com/pod-product-compliance
Lightning Source LLC
Chambersburg PA
CBHW072352030726
47505CB00014B/1471